「忌」怖い話
imawa no kowai hanashi
Sokkoku kaidan
卒哭怪談

加藤 一 著

竹書房文庫

※本書に登場する人物名は、様々な事情を考慮して一部の例外を除きすべて仮名にしてあります。また、作中に登場する体験者の記憶と体験当時の世相を鑑み、極力当時の様相を再現するよう心がけています。現代においては若干耳慣れない言葉・表記が登場する場合がありますが、これらは差別・侮蔑を意図する考えに基づくものではありません。

端書き

朝起きたら目覚めに実話怪談、夜お休み前のナイトキャップに実話怪談、寝ても覚めても実話怪談――の怪談ジャンキーの皆さん、御無沙汰してます。

本書「忌」怖い話第四巻のタイトルにある「卒哭（そっこく）」とは、仏教では百箇日を指す言葉だそうです。初七日、四十九日ではまだ故人の死と向き合えないかもしれないけれども、百日も過ぎれば乱れた心がどうにか落ち着いてくるんじゃないかな、という感じ。文字通り、「哭（な）くのはもう卒業」または「涙をお拭き」「悲しみよさようなら」くらいの意味になるのだそうで、いつまでも嘆き悲しみ続けるのはやめなさい、そろそろ気持ちを落ち着けて心穏やかになりなさい、と遺族を慰める意図があるようです。

さて、怪談にも「ちょっと気持ちが落ち着いてこないと書けない話」というのはあるものでして、今作ではこれまで僕の力不足で書き起こせなかった「よく熟したとっておきのお話」を蔵出ししていこうかと思います。合わせて、この一年間で滑り込んできた「今すぐ書け即刻書けと急き立てられている、起きたてほやほやのお話」なんかも程よく混ぜてお送りしますので、御堪能下さい。

著者

目次

リボン

――では、高津さん、お願いします。


「ええと、何処からお話したらいいですかね。

雨が降る前になるとですね、リボンが見えるんです。

黄色とか金色とかのきらきらした半透明のリボン。凄く長い奴。

これが、頭の上……自分の遙か上空をですね、こう、ひらひらと舞ってるんです」


――リボンがですか？


「リボンがです。とても優雅な動きと言いますか……。

あ。新体操の選手が、棒の先にリボンが付いたのを振って演技するじゃないですか。

大体あんな感じに似ています。

ただ、あそこまで素早くはなくて、もっとゆっくりゆっくり……とてもゆっくり動くんです」


――それはどのくらいいるんですか？

「雨がたくさん降るときは、たくさんいます。

雨が降り始めると途端にいなくなってしまうので、あれは雨の数だけいるか、雨が多いほどいるっていうことなのかなあ、と」

——毎回、雨の前に見えるんですか？

「毎回見えますね。

だから、少なくとも自分が今いる場所に限れば、降雨予報は百発百中百パーセントの確率で的中しますよ。

空見て、リボンがいれば降る。いなければ降らない」

——大きさはどのくらいあるんですか？

「凄く高いところを飛んでいるのではっきりとは言えませんが、大体でいいですか？

多分、数十メートルか、数百メートルか、っていうところだろうと思います。

いつも真下から見るので、平べったいひらひらしたものだと思ってるんですが、もし近くで見られたら案外厚みもあるのかもしれません」

——形、はリボンでしたね。紐ではなくて何故にリボン？

「尻尾があるんですよ。

いや、尻尾って言っていいのかな、あれ。

とにかく、進行方向に対して後ろのほうだから、便宜上、尻尾ってことで。

プレゼントを包むリボンって、リボンの端をM字型になるようにカットするでしょう？　それで尻尾にそんな感じの切れ込みが入ってるんです。いえ、切れ込みじゃないかもしれませんけど、それでリボンっぽいなーって。

それがひらひらしてとても綺麗なんです」

――**それは、肉眼でなければ見えないものなんですか？**

「テレビで視たことありますよ。

いつだったか……大分前だったと思うんですけど、大雨で土石流があって、それで川が堰き止められて天然のダムみたいになって、そこから川が溢れて大洪水……っていう水害のニュースがあったでしょう？

それをヘリで上空から中継するニュース番組を視てたんです。

それまでは、肉眼で――要するに真下から空を舞ってる姿しか見たことなかったんですが、ヘリが上空から豪雨の後を見下ろすような形になっていたんですね。

そしたら、茶色い濁流の中にリボンが映ってたんです。

でも、私が普段見ているのは、いつもゆったりした優美な動きをするリボンなんですが、そのときのは全然違いました」

――**具体的には。**

「濁流の中をですね、８の字に暴れ回ってました。

いつもは、どう表現したらいいのかな……『嬉しそう』『楽しそう』くらいの感じで、ゆらゆらゆっくり舞ってるんですけど、そのときのリボンは『怒ってる』……いや違うかな。『歓喜』が行き過ぎちゃっている感じでしょうか。

水が一杯ありすぎて、嬉しすぎて、喜びに猛り狂っている、とかそういう感じの、とてつもなく激しい動きでしたね。

なので、いつもは綺麗だなーで済ませてたけど、本当は怖いものだったんだなって。そのとき思いました」

――日本特有のものなんでしょうか。

「そうとも限らないみたいですよ。

何だったかな。旅番組だったと思うんですけど、外国の風景を流してるテレビ番組にも映ってましたから。

観光地だったか素晴らしい大自然を紹介するだったか忘れましたけども、澄んだ美しい池みたいなのが紹介されてましてね。これも空撮でした。

その池の水底にいたんです。リボンだ。

そこでは動いていなくて、大蛇みたいに蜷局（とぐろ）を巻いて休んでるんです」

——リボンですよね？

「リボンですね。私が見る限りはリボンです。
でも〈水属性の何か〉なのかもしれません。
国とかそういうの関係なく、水があるところにはいる聖なる何か、みたいな？
もし、私ではなく別の人が見たら、別のものに見えるのかもしれませんよ。
私にはリボンにしか見えませんけど、見える人が見たら〈龍〉に見えたりして」

——もっと力が強いとか、もっと能力があると別の見え方がする、みたいな？

「そうそう。修行すればもっと見えるようになるよ、って言われたことあるんですけど、
お断りしました。だって怖いじゃないですか」

パレード

ある年末のこと。

年末年始は混むので、例年なら山口君は正月休みに合わせた帰省はしないのだが、この年は珍しく大晦日に実家に帰った。

「あんたの部屋なんか、もうないよ！」

家を出て何年経ってるんだと言われたら、返す言葉もない。

とりあえず、床の間のある客間に客用布団を延べて寝ることにした。


夜中に目が覚めた。

家族は皆、明朝の初詣に備えて寝入っているのだろう。家は静まり返っている。

その静寂の中で、ひそひそと声が聞こえた。

「帰ろう」

声のするほうを見ると、そこには行列があった。

「帰ろう。この年を終えて帰ろう」

ひそひそ、わいわいと賑やかしい。

姿形は人とさほど変わらないが、それらは何とも福々しい。

百鬼夜行のようでもあったが、あやかしの類はおらず、福の神というのか、一仕事終えた歳神の類が行列を作っていた。

「兄ちゃん、一緒に行くか」

賑々しいにこやかな行列が、山口君を招く声が聞こえる。

付いていこうと身体を起こそうとしたのだが、指一本に至るまでぴくりとも動かない。

「一緒に行こうよ」

待て。待ってくれ。俺も行くから待って。


気が付くと夜が明けていて、新年が訪れていた。

あのまま彼らに付いていったら、自分は何処に行けたのだろうか、と未だに思う。

正直、付いていきたかった。

ただ、「行く」のか、「逝く」のか、それを自分で選ぶことができるかどうかは、分からないけれども。

破顔の客

杉田さんは幼い頃から、ヴァイオリンを習っていた。

自宅から歩いて行ける学習塾や算盤塾とは違って、著名な先生について教わらなければならない。

先生のスタジオは、自宅から車で三十分ほど走った先にあった。

車で勾配のきつい坂道を登り切った先にあるスタジオは、何もない広場が一つある他は森に囲まれていた。

どんなに音を出してもクレームの来ない、演奏練習にはうってつけのロケーションだが、あまりにも人気がなさすぎて、何処か不気味に感じられた。

幼い演奏家としての杉田さんは、どちらかと言うとまじめな生徒ではなかった。

厳しく指導する先生のことが嫌いで、拗ねて泣いて臍を曲げて先生の機嫌を損ね、叱られて練習が中断される。才ある子供のムラっ気のようなものだったのだろう。

それでも、演奏家としての才は確かなもので技術の吸収も早く、先生の地道な指導も

実ってか彼女の演奏技術は日に日に上達していった。

近く、発表会が予定されていた。この発表会では同じくらいの年頃の友人と二人で二重奏を披露することになっていた。

二人の奏者が揃って音を奏でるというのは、一人だけで演奏するのと違って楽しい気分になれる。このため、弾き損じがあってもそこで躓(つまず)かず、純粋に音の調和が心地好く感じられるほどに弾き続ける。杉田さんは幼くして演奏の高揚感に包まれていた。

そこで曲調が転じて友人が主旋律に移り、杉田さんがサブを支える旋律に移る。

友人の音と弓使い、息遣いを感じつつ、ふと顔を上げた。

ヴァイオリンの上に白い顔があった。

友人でも先生でもない、見慣れない男の顔である。

笑顔であった。

笑顔だけがあった。そこに連なる首から下は何処にもない。

言うなれば、演奏中の自分のヴァイオリンの上に笑顔の生首がいるのである。

が、驚きはしたものの悪い気はしなかった。

演奏に感嘆する観客のそれにも似た笑顔だったから、だろうか。邪気や悪意のようなものも感じられなかった。

何より、今はこの最高にいい気分の演奏を止めてしまいたくなかった。
だから、そのまま演奏を続けた。
その後も、先生のスタジオに練習に行くたび、この顔を繰り返し見た。
顔はいつも笑顔だった、という。

清き一票を

病院に行くため、いつものバスに乗った。

外はうだるような暑さだったが、車内はエアコンが効いていて汗はすぐに引いた。

いつもの道をバスはゆったり走る。少し走って停留所に停まり、また少し走って信号で停まる。

ゆっくり動く車窓の風景をぼんやり眺めていたところ、駐車場に差し掛かった。

金網のフェンスに、政治家の選挙ポスターが貼られている。

そういえば、そろそろ選挙があるんだったか。

何処の政党の何という政治家だか知らないが、恰幅のいい中年男が力強く拳を握り締めた、あまり印象に残らないありふれた選挙ポスターであった。

が、よく見るとポスターの下から人間の下半身が生えている。

思わず二度見した。

どうやら、ポスターの真後ろに誰かが立っているらしい。

あまりにも絶妙な位置過ぎて、まるでポスターの政治家当人がそこに立っているかのように錯覚してしまった。

なるほど、目の錯覚にしてもこいつはインパクトがあるな。

感心し、思わず苦笑した。

バスはのろのろと走り、ポスターの貼られたフェンスの横を通り過ぎる。

それで結局、後ろに立ってたのは誰なんだ。

ポスターの裏側が気になってそちらを見ると、ポスターの下から生えていた下半身が消え失せるところだった。

ポスターの裏側には特に何もなく、誰もいなかった。

ワン切り

雨森氏は都内のとある老健——介護老人保健施設にお勤めだったことがある。

ある晩のこと。

その日、雨森氏は夜勤に就いていた。施設内は概ね平穏を保っていたが、いつ何時異変が起きるとも限らない。何分にも、老人性認知症、痴呆から来る徘徊や、突然の急変は前触れなく起きるものだからだ。他人の勤務時間中にそれが起きる分には痛ましいし気の毒だとも思う。が、自分の勤務のときにだけは面倒事は起きてほしくない。

夜半過ぎ、静まり返っていた施設内に電話の呼び出し音が鳴った。

——トゥルルルルル。

コールは一度だけ鳴って切れた。

「何だ？　何処だ？」

代表電話に着信履歴はなく、自分の携帯電話でもなかった。

となると、残るは——待機室から見える廊下の片隅に置かれた公衆電話が視界に入った。

携帯電話やスマホを持たない老人が使えるように、と設置されたものだ。

館内から外に掛けるためのもので、館内で受電することを目的にはしていない。

どちらにせよ、夜中の電話、夜中のワン切りは悪戯でも心臓に悪いのでやめてほしい。

ため息を漏らして席に戻ろうとしたところで、また鳴った。

――トゥルルルル。

目星を付けていたこともあって、今度は公衆電話に飛びついた。

が、取ろうとするとワンコールで切れた。

何と言うのか、悪意を感じた。施設への悪意なのか、利用者、入所者への個人的な恨みの類なのかは分からないが、こういうことをするのは大抵生きている人間の類であろう。

つまりは嫌がらせの鬱憤晴らしのつもりなのではないか。

とすると、二度で終わると思えない。

まだ続きがあるのでは。

まったく不愉快な予感に限って当たるもので、三十分もしないうちに三度電話が鳴った。

そしてやはりと言うか何と言うか、当然ながらワン切りである。

それが何度も繰り返される。

そもそも、深夜の老健施設に対する悪戯電話など非常識である。

入所者の家族からの緊急連絡の可能性も考えたが、それなら公衆電話ではなく代表番号に掛けてくるはずだ。

次第に腹が立ってきた。

「代表電話じゃないし、いいだろ」

雨森氏は公衆電話の受話器を持ち上げた。フックを外して、受話器を立てかけておく。

これでもう鳴らないはずだ。

と、待機室に戻りかけたところで、

――トゥルルルル。

「畜生、いい加減にしろよ！」

と声を荒らげた。

受話器は上がっているし、フックは外れている。

相手方には、話し中であることを知らせる音声が流れ、こちらの電話機のコールは鳴らないはず。装置として、そのようにできているはず。

はずなのに、コールは確かに鳴っている。

そのまま、フックボタンをガチャガチャ繰り返し押した。

確かに切れているし、確かに上がっている。

が、今度は完全に切れているのを確認したにも拘わらず、コールが鳴った。

——トゥルルルル。

もはや、電話の状態などお構いなしである。

根負けした雨森氏は、「聞こえているけど聞こえないふり」で一夜を明かすより他に手立てがなくなった。

それが一晩中続いた。

＊　＊　＊

「夜勤中、そういうことがあったんだよ。入所者の家族か、恨みのある知り合いか知らんけど迷惑な話でさ」

後日、同僚に引き継ぎついでにぼやいたのだが、同僚は首を傾げた。

「俺、夜勤中に公衆電話が鳴ったことなんか一度もないよ」

逆に「何かいつもと変わったことでもしたのか」と問われ、こちらも首を捻った。

「そうだな……夜勤に入る前に、怪談本を読んだくらいかな。九十九話まで読んでから仕事に行ったんだ」

雨森氏が読んだ本は『新耳袋』だったと聞いたが、それが何巻だったのかについては聞きそびれたので分からない。

もうじき新規オープン

新しく商売を始めるというのは、並大抵のことではない。

まず、何はともあれ開業資金が必要だ。前の職場からの独立の経緯が円満ならいいが、別の商売を一度潰して畳んだ後だの、同じ業種なのに古巣に後足で砂を掛けた後だの、顔役の顔に泥を塗っただの、そういう厄介ごとを抱えてのスタートとなると、俄然ハードルが上がる。

銀行に頭を下げ、取引先に頭を下げ、不動産屋に頭を下げ、そして家族の協力を取り付けて、漸くスタート地点に立てる。店を開けば今度は地域との兼ね合いやら、客の引き留めやら、世の中の流行り廃りやら、考えていかねばならないことは山ほどもあるわけで、商売を始めるというのは、本当に大きな馬力が必要なのである。


大間さんは若い頃に、新しく店を出す機会に恵まれた。

ずっと居酒屋を始めたいと願っていたので、ここぞとばかりにチャンスに飛びついた。

銀行との交渉もうまく運び、開業資金の目処はすぐに付いた。不動産会社からは「いい

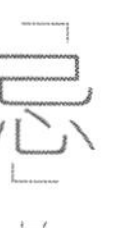

出物がある」と、これまた好条件の物件を紹介してもらえた。駅に近く人通りが多い空きが出にくい地域の雑居ビルである。

「本当に運がいい。丁度テナントに空きが出たところですよ。大家さんからは、何なら居抜きで入ってもらっても構わないからと言われてます」

聞けば前の店も飲食店だったようで、水回りや内装もまだまだ新しいという。テナントが遊んでいる間は家賃収入は入らないわけだから、できるだけ早く次の店子が決まったほうが大家としても嬉しいということなのだろう。大家の都合で急かされたせいなのか、家賃も大分値引きしてくれるらしい。これ以上ない好条件である。

断る理由が何もないので、一も二もなく契約を決めた。

全てが順風満帆に進んだ。

開店準備が大分進んできた頃のこと。

この先、街に根を下ろして長く商売を続けていきたいと願っている。何なら、子供に商売を継がせてやったっていい。そのくらい愛される店に育てたい。

それなら、親父の旗揚げを息子にも見せてやりたい——と思った。

店が開店してしまえば家族を顧みるのもなかなか自由にはならないかもしれないし、普通の休日に息子を構ってやることもできなくなるだろう。店が大繁盛することが大前提だが、繁盛店になる前の店の様子を息子の思い出に刻んでおきたい。

そう考えて、大間さんは息子を連れて開店前の店を訪れた。

新品の匂いがする店に入るなり、息子は声を上げた。

「あっ、いらっしゃいませ！」

見よう見まね、大人の真似ということなのだろうが、息子は一丁前の店員のように店内に向かって叫び、大間さんを振り向いて破顔一笑した。

「すごいね、パパ！　もうお客さんが来てるんだね！」

――えっ。

開店はまだもう少し先である。

今日は工事が一段落しているから、工務店の人々もいない。はずだ。

落ち着いた少し暗めの柔らかい照明は店の隅々までを照らしているが、そこには大間さん自身と息子の二人以外、誰もいないはずである。

息子は奥のボックス席を指差した。

「ねえねえ、パパ。あのお婆さんとお爺さんは、パパのお友達なの？」

大間さんには見えない。誰もいない。

だが、息子は誰かがいると言っている。

息子の狂言か、それとも本当に〈何か〉がいるのか、大間さんには判断が付かない。

が、ここで息子を叱るべきではない気がしたし、疑うべきでもない気がした。それをすることで、息子を怖がらせてしまうのでは、と思った。

なので、咄嗟に話を合わせた。

「あ、ああ。そうだよ。パパのお友達だよ」

息子は「そっかー」と納得した。

空っぽのボックス席に向かって、改めて「いらっしゃいませ！」と頭を下げた後、店内をあちこち見回す。

店内は内装工事が完了していないので、什器も椅子もまだ揃っていない。

息子は不意にまた声を上げた。

「あー！」

今度はあらぬ方向を指差している。

「あー、あー！」

何処か一点を指差しているということではないようで、驚嘆の声を上げながらその指先を動かしていく。何かをなぞっている、または何かの動きを指で追っているという具合に見えた。

「何だ。どうした」

息子はただただ驚くばかりで、口をあんぐり開けたまま指を盛んに動かした。

そして「あっ」と小さく叫んで指を止めた。

「……消えちゃった」

「えっ？」

「あっ！」

今度は何だ。何が起きているんだ。

息子は茫然として言った。

「パパ……おばあちゃんとおじいちゃんも消えちゃった」

以前からよく一人遊びをする子だとは思っていた。

いや、一人しかいないとき、見えない誰かと会話をしていることがしばしばあった。

子供部屋に息子と二人で入ったとき、無人であるはずの室内に向かって「なあんだ、遊びに来てたんだ。来てたなら言ってよ。僕も混ぜて」と、小走りに走っていくのを見たことはあった。

ずっと、この年頃の子にあるというイマジナリーフレンドの類かとも思っていたが、そうではなかったのだと、このときに確信した。

その後も、大間さん自身には何も見えなかったし、何も聞こえなかった。

開店日が迫り、連日、店に泊まり込むようになった頃、これから御近所や常連になるかもしれない近隣住民に挨拶した。その折、異口同音に言われた。

「よくあんなところに一人で泊まれるね」

開店準備が大詰めを迎えた頃に大間さんの様子を見に来た知り合いが、店内を覗くなり真顔で言った。

「大間君。こんなところ泊まるもんじゃないよ」

結論を言えば、件の居酒屋は結局開業しなかった。

オープン数日前になって、これまでの順調な経緯が全て引っ繰り返ったかのような不都合が出て、契約も準備も何もかも取りやめになったのだという。

誰にとって、何が不都合だったのかは分からないままだが、店を放棄したのはむしろ幸運だったのでは、と思うことにしている。

船の少年

青少年の船、少年の船、海洋少年団……などなど、名称と活動内容に若干揺らぎはあるようなのだが、日本各地に概ね類似した活動がある。

これは、小学生から高校生くらいまでの青少年を参加対象とし、子供達と引率者だけで客船に乗り組み色々な洋上体験をする、というような催しである。

洋上体験の内容は様々で、ボーイスカウトの活動に似た内容であったり、マナー教室であったり、歴史の勉強的なものであったり、洋上からの天体観測であったり、ボランティア活動の真似事であったり……要するに、子供の克己心（こっき）を育てるため、親元から離して数日間の船旅を経験させるプログラム、といったところだろうか。

出発港によって行き先は様々なのだが、大抵は二泊三日程度で行って帰ってこられるところを目指したショートトリップである。

例えば、九州から出発する少年の船は、沖縄に向かう船が多かったと聞く。

中村君は、小学生の頃にこの催しに参加したことがある。

往路はほぼ丸一日を船の上で過ごす。

初めての外航船は相応に大きな船だったが、とにかくずっと揺れていた記憶しかない。船の揺れには、波を乗り越えるときの上下動、前後のピッチ、左右のロールなどがあり、それらの複雑な組み合わせが独特の挙動を生み出す。

内耳の強さやら、船への適性やら、体質やら、慣れやら……要するに、船酔いにやられるかどうかは、船への向き不向きで殆ど決まると言い換えてしまってもよいかもしれない。

中村君は幸いにも吐き続けて動けなくなるほどの酷い船酔いには合わずに済んだものの、絶えず揺れまくる船内に揉まれ続けたためか、平衡感覚にしこたまダメージを負った。

漸く目的地である沖縄は那覇港に着いて、一日ぶりに動かない地面の上に立った。

しかし、揺れる船に慣れすぎたせいなのか、地面が揺れているようにも感じられた。

これは、ずっと船に乗り続けていたせいなのだろう。

気にせず歩き始めるが、一歩、また一歩と歩くたびに妙にふらついてしまう。

「おい」

後ろから腕を掴まれた。

振り返ると、高校生くらいのお兄さんが心配そうな顔をしている。

短めに刈り込んだ髪に日焼けした顔。白い半袖シャツを着ていて、如何にも海に慣れている、といった風情だ。

「君、さっきからずっと左に傾いているけど大丈夫か」

彼が言うには中村君は身体全体が左に傾いていて、そのままいくと倒れて海に落ちそうに見えたらしい。

「船酔いか」

「いえ、酔ってはないです。大丈夫です」

虚勢を張っているつもりはないのだが、それでも歩き始めるとアレアレアレ……と身体が傾いていく。

見かねたお兄さんが中村君の脇を支えてくれた。

「この後、どのバスに乗るんだい？」

見ず知らずのお兄さんであったが、少年の船の同行者であろうと見当が付いた。

こうした相互扶助の精神が身に付くのがこの催しの良いところで、困っている人に抵抗感なく手をさしのべてくれるようになる。

お兄さんは中村君の乗るバスまで甲斐甲斐しく付き添ってくれた。

「君の座席は？」

傾いて歩きにくくなっている中村君を支えて、狭いバス内の通路を歩かせるのはよほど骨が折れるのではと思われたが、お兄さんは特に苦にする様子もなく中村君を座席に座ら

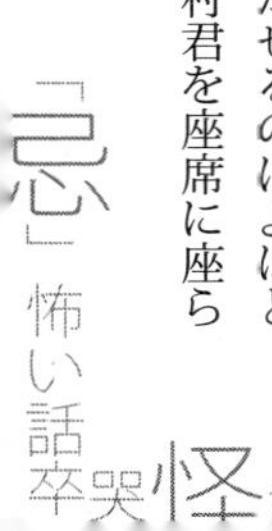

せてくれた。

お兄さんも隣の座席に腰を下ろす。

「大丈夫かい？」

何度も声を掛けてもらいながら、漸くひと心地付いた。

「何か凄く顔色悪いけど大丈夫？」

「バスに来るまで凄く変な歩き方してたけど、どうして？」

中村君の座席の周囲の子供達も、心配して声を掛けてくれた。

「頭がくらくらしてたんだけど、このお兄さんが助けてくれたんだ」

すると、座席の周囲の子らは口々に言った。

「誰？」「どの子？」

「え、今僕をここに座らせてくれた高校生くらいのお兄さんが」

と隣を見ると、中村君と同い年くらいの小学生の女の子が座っていた。

今の今である。

バス車内を見渡しても、バスの外を見晴らしてもいない。

「君、バスの外では左に傾いて変な歩き方してたけど一人で歩いていたし、バスにも一人で乗り込んできたよ」

上陸中も探したし、復路の船内でもずっと探していた。

一言お礼を言いたかったのだ。

しかし、その後は一度も会わなかった。

「まあ、こんなの大した話じゃないとは思うんだけど、あの親切なお兄さんは何処の誰だったんだろうな——って、今でも思いだすんだよな」

国際通りのホテル　一軒目

著者の父方の伯父はもう随分昔に亡くなっているのだが、その伯父の生前の話。

同僚と二人、仕事で返還前の沖縄に行った。

今でこそ国内屈指のリゾート地として名を馳せた沖縄であるが、当時はまだまだ整備途上にあった。

というより沖縄はアメリカの占領下にあり、米兵受けに寄っているためか、文化的にも日本であって日本ではない独特の雰囲気に包まれていた。また、この頃の沖縄は、ベトナム戦争特需もあってか、何処か浮き足立っていた。

さて、那覇港に降り立ったところで、まずは今日の宿に向かわねばならない。

土地勘がなく不案内な伯父と同僚は、非常に困惑した。

宿の場所を訊ねようにも、沖縄の土地言葉は大変分かりにくかった。

互いに日本語を喋っているはずだが、訛りの強すぎる独特な沖縄言葉を地元民に早口で捲くし立てられると、岐阜人の伯父には殆ど聞き取れないのである。

往生していると、若い娘さんが声を掛けてきた。

「ホテルの者ですが、加藤さんですか？」

その娘さんの言葉は、伯父にもかなり聞き取りやすかったので、助かった。

「そうです。予約していた加藤です」

「よかった。お迎えに参りました」

日焼けした小麦色の肌に、独特の太い眉。

当時の日本では細い眉が流行っていたが、娘さんは沖縄人らしい南方系の顔立ちに大きな目をしていて、笑うとその目がキュッと細くなる。まるで外国のような初めての沖縄に不安もあったが、その人懐こい笑顔に癒された。

「助かります。道は分からんし、車は右側通行だし、言葉は分からんしで、まったく以て難儀しとりました」

娘さんはまたニカッと笑った。

「国際通りの先になりますが、すぐですから歩いていきましょう」

歩きながら、道なりに沖縄の様子などをつらつらと教わる。

ベトナム戦争が始まってから、沖縄を経由してベトナムに〈出征〉していく米兵が増えた。彼らは出征前に那覇で豪遊して景気を付けていく。そのお陰で沖縄は景気がいいのだという。

「戦争はいずれ終わるんでしょうから、この景気のいいのもいつまで続くのか分かりませんけどね」

そんな世間話をしているうちに、宿泊予定だったホテルに着いた。

ホテルと掲げてはいたものの、どう見ても旅館といった風情である。

「ああ、ここだここだ。案内ありがとう」

礼を言おうと思ったのだが、娘さんが見当たらない。

どうやら、早々に宿のほうに戻ってしまったらしい。アメリカの流儀に倣う沖縄では、心付け(チップ)を幾らか包んで渡す習慣があると聞いていたのだが、その機会を逸してしまった。

フロントの中年男性は大分沖縄訛りがきつかったが、それでも何とか聞き取れた。

「この場所、すぐに分かりましたか」

「ええ、那覇港まで迎えに来てくれた方に案内していただいたんで、助かりました」

宿帳に記帳しつつ、「案内のお礼を言いたいのですが」と切り出そうとしたところで、フロントは首を傾げた。

「迎え……ですか？　宿から迎えは出していないのですが」

だとすると、勝手に案内をしてチップをせしめる類の小銭稼ぎだろうか。

その点はあまり気にもせずにいると、フロントが促してきた。

「その……迎えにきたっていう者は、どんな人でした？」

「若い娘さんですよ」

目が大きくて、笑うとキュッと細くなる笑顔の可愛い人で。

記憶に残る特徴を言うと、フロントは飾られていた写真立てを指差した。モノクロの集合写真に、先程の娘さんが写っていた。

「この者ですか？」

「その方でした」

そうですかそうですか、とフロントは頷（うなず）いた。

「ああ、それはうちの娘ですね」

「そうでしたか。では、彼女にチップをお渡しできなかったので、お礼を」

すると、フロントは〈いえいえ〉と首を振った。

「お気持ちだけ頂戴します。娘は先般亡くなりましたので」

このタクシー幽霊さながらの話は、著者の少し歳の離れた従兄弟が、生前の伯父から直接聞いた。

「確か、キミが生まれる前か後くらいの話やね」

ということなので、恐らく昭和三十年代末から四十年代半ばの何処かの出来事であろうと思われる。

昭和四十七年に沖縄が日本に返還される直前頃のお話である。

国際通りのホテル　二軒目

篠田君が友人二人と、那覇を拠点として旅行に出かけたときのこと。

宿は国際通りのとあるホテルとした。

三人が一部屋ずつ、シングルを三部屋である。

チェックイン後、三人はそれぞれの部屋に入って荷解きした。一息入れたらすぐに出かける算段である。

篠田君が荷物を下ろして楽なスタイルに着替えていると、ドアをノックする音。

ドアを開けると、同行者の友永君と松前さんが篠田君の部屋の前に立っていた。

「ちょっといい？」

友永君と松前さんは、篠田君の部屋に入るなり室内を見回した。

「……一緒でしょう？」

松前さんの言葉に友永君は不満げに頷き、そして二人で何やらぼそぼそ話している。

「何？」

訳が分からずにいると、二人に手招きされた。

「ちょっと、こっちの部屋見に来ない？」

一つ置いて隣にある客室は、友永君の部屋である。

玄関を入ってすぐにクローゼットがあって、トイレとユニットバス。そして六畳あるかないかの細長いスペースにドンとベッドが置かれていて、部屋の突き当たりは、見晴らしはいいがはめ殺しの窓とスタンドの付いたデスク。

「この部屋が何か？」

部屋の間取りは篠田君の部屋と同じである。同じフロア、同じ並び、同じグレードの部屋なので、特に変える必要はないはずだ。

窓の手前には遮光カーテンと薄い白のレースのカーテンが掛かっているところも同じ。

同じなのだが……何か暗い。

何がどうとは分からないのだが、まったく同じ部屋なのに薄暗く感じる。

そして、薄ら寒い。

エアコンがきつめに入っているのかと思ったが、エアコンのスイッチはオフである。

「これ、エアコン予め入れてた？　というか、切った？」

友永君は首を振った。

「リモコンは弄ってない」

松前さんはベッドを指差した。

「ねえほら、気が付かない？」

単独で見るとそうとは気付かなかったが、篠田君の部屋のベッドと見比べると友永君の部屋のベッドは一回りほど小さいようだった。

「あとほら、ここ。壁紙が新しいと思わない？」

柄は同じだが、経年の差というのか友永君の部屋の壁紙のほうが確かに新しい。松前さんは目敏く気付いていたようで、天井を指差した。

なるほど、部屋全体が変えられているようだ。

足下に目を落とせばカーペットも微妙に色味が異なる。

部屋全体が暗く思えたのはカーペットの違いによるものかもしれない。

「こういうのって、調度品とか改装とかはホテル全体で一斉に入れ替えたりリフォームしたりするよね。普通なら」

松前さんは他人事というのか、自分の泊まる部屋の異変ではないが故に面白がっている。

「こういうときの定番は、絵じゃないの」

室内にはどうということのない絵が一枚、額装されて飾られていた。

定番通りであるならば——と思って額を外してみたが、期待していたお札の類は見つか

らなかった。

「あると思ったのよねー、お札」

「松前、おまえ他人事だと思ってそういうこと言うなよな」

飾られた絵画の裏にお札が――というのは、確かに鉄板である。が、そういうのは鉄板であるが故に、よく知られすぎている。

だから、逆にそんなすぐに見つかるような場所には、噂や疑いのネタになりそうなお札を仕込んだりはしないだろう。というのが篠田君の見立てであった。

「何だったら本気で探す？　やるなら、もう少し探すべき当てが他にあると思う。例えば、ベッドのマットレスの中とか、カーペットの裏とか、ユニットバスの換気口辺りも怪しい。まず、そこんところを重点的にガサれば見つかるかもしれない」

篠田君が腕まくりして設備損壊を画策し始めたので、友永君と松前さんは止めに入った。

「そこまでしなくていいよ。本当に何か出てきたら怖いじゃん」

「そこまでしなくていいよ。私は友永をビビらせたかっただけだから」

二人の言い分は異なれど、これ以上は何もしなくていいだろう、という点は一致した。

どうせ旅の間、寝に帰るだけの荷物置き場である。面倒事を起こしてホテルと揉めるのも避けたい、という腹だった。

友永君は「でも俺、この部屋で寝るのやだ」と宣言し、「部屋に帰りたくないから一緒に寝てくれる？」と家出少女みたいなことを言い出した。

「同衾は御免被る」とだけ宣言したが、仕方なく篠田君は友永君を部屋に泊めた。


二日目。ビーチで遊んだ三人は、ホテルに戻ってきた。

沖縄の日射しは強く、海から上がってホテルに着く頃には濡れた身体は乾いてしまっていたが、身体に噴いた塩が何とも気持ち悪い。

まずはシャワーを浴びて着替えたら、メシでも食いに行こう、という算段である。

「寝泊まりするんじゃないんだから、シャワーくらい自分の部屋のを使えよ」

と篠田君に追い出された友永君は、ぶつぶつ文句を言いつつも着替えを置きっぱなしの自室に戻っていった。

ところが、十数分もしないうちにすっ飛んで戻ってきた。

友永君は沖縄の海より青い顔をしていた。

「篠田ァ！　やっぱダメだよあの部屋！」

シャワーでもよかったのだが、友永君は風呂に浸かるなら断然湯船派である。

一晩空けた「薄ら寒くて薄ら暗い部屋」ではあるが、それでも日のあるうちならまだマシだと思った。

理由は分からないけれども、この部屋は何か落ち着かない。だから、落ち着きを取り戻すため、浴槽に湯を溜まるまでの間、ベッドに寝転がってみる。

確かに妙に細かく手の入れられた部屋ではあるが、それだけ新しい部屋なのだと思えばむしろお得なのではないか、と考え直した。

自分が気にしすぎているだけだったかな、と一人苦笑する。

ともあれ風呂だ風呂。

狭いユニットバスの浴槽に身を沈めていると、声が聞こえた。

ごく近い。

家族連れが隣の部屋で、という距離ではない。

今自分が使っている浴室と、薄い壁一枚隔てた程度の隣からそれは聞こえる。

数人の子供が歓声と嬌声(きょうせい)を上げている。

自宅にはない、旅先のふかふかベッドに興奮する子供の声である。

言葉にはならないが、興奮気味の声を奇声の形で上げてしまうアレである。

ベッドから飛び降りたのか、ドスドスと部屋を歩き回る足音も聞こえる。

つい先程まで、自分が寝ていた場所である。

浴室の戸を開けても、角度的にベッドの周囲は見えないのだが、ドアを開けたと同時に子供の声と足音はより鮮明になった。

いるのである。

そこに確かにいるのである。

子供が。知らない子供が。はめ殺しの窓と鍵の掛かった客室に、何処からともなく入り込めるような子供がいるのである。

友永君はパンツ一枚だけ穿くと、身体も拭かず、室内を振り返らず、篠田君の部屋まで全力疾走し、そのドアを全力ノックした。

……という次第である。

「とにかく、そこにいるんだよ。間違いなく。いるのが分かるんだよ」

そう言って友永君は頭を抱えた。

篠田君は「頭を抱えて震える人」の現物を初めて見たが、友永君当人はそれどころではなかった。

「もう絶対にやだあの部屋」

パンツ一丁の友永君の着替えやら荷物やらは全て彼の部屋の中に置きっぱなしである。荷物を回収せねばならない。

「付いてきてくれる？」

友永君がますます女子みたいなことを言い出したので、付き添って彼の部屋に荷物を取りにいった。

室内に変化は特になく、子供はおらず、湯を抜いていないユニットバスとシーツの乱れたベッドがあるばかりだった。

手早く荷物をまとめた友永君は、その後、チェックアウトまで二度と自分の部屋には戻らず、ずっと篠田君の部屋に居座り、また決して一人で出歩かなかった、という。

（※注）本作は前世紀末頃に伺った体験談なのだが、国際通りにかつてあったホテルの所在地を調べてみると、件のホテルは経営陣が変わったものの健在だった。ただ、近年全面改装されたようで、問題のフロアには今はシングルルームはなくなりツインやスイートが入っている。取材の過程で正確な場所も名前も判明はしているが、営業妨害になりかねないのでこれ以上の詳細について誌面で触れることは避けておきたい。

石鹸御輿

ある夏の日のこと。

眠巣君は風呂掃除をするため、風呂場に入った。

石鹸置きから滑り落ちたと思しきちびた石鹸が、風呂場の床に転がっていた。

もう親指二本分くらいの幅とぺらぺらの厚みになっていたので、そろそろ新しいのに交換しようかと思っていたところだった。

それにしても、何で落ちてるんだ。

と、つまみ上げようとしたところで気付いた。

石鹸がじりじり動いていた。

まず思ったのは石鹸が滑っているのではということだったが、風呂場の床はまだ乾いている。ＯＫ、石鹸は滑ってない。

水仕事をするために眼鏡を外していたのでよく見えないのだが、どうも石鹸の下や周囲に黒い粒々がたくさん付いているようだ。

大きさで言えば、一ミリから二ミリくらい。

アリに近いサイズだが、アリではない。

というか、手足は付いていないので生き物の類にも見えない。小粒の甲虫の類とも考えたが、集団で物を運ぶ習性のある甲虫など聞いたことがない。黴や染みとも違う。

とにかく黒い粒々、ということ以上にうまく言い表せない。

それがいっぱい集まっていて、石鹸を運んでいる。

音、鳴き声のようなものは一切聞こえず、まるで御輿か棺桶を担ぎ上げているかのように、ちびた石鹸を恭しく運んでいるのである。

如何せん運び手が皆小さいので、一気にエイヤと運ぶことはできないらしく、時計の秒針よりも遅いくらいの動きでじりじりと動いていく。

一体何処に運ぼうとしているんだ……と、石鹸御輿の運行ルートを見ると、風呂場のかまちの隅を目指しているようだった。

数年前、風呂場の湿気でそこからキノコが生えてしまったことがあった。キノコは抜去したが、その後に小さなネズミやゴキブリくらいなら、頑張ればぎりぎり通れるくらいの小さな穴が空いてしまった。

改めて修理するほどではないし実害もないので、と穴が空いたまま放置していたものだ。

だが、今正にその穴に向かって、黒い粒々に担がれた石鹸御輿がじりじり直進しているのである。

まさか——この穴に運び込もうとしているのか？

確かに石鹸の大きさから言って、ぎりぎり通りそうではある。運び手は極小の何かであるから、閊（つか）えるということもないのだろうが、だがしかし、何のために……。

さすがに「何だこりゃ」以外の感想が出てこない。

茫然と見守っていると、当初の推測通り石鹸は黒い粒々によって穴の中に運び込まれてしまった。

思わず我に返ってＬＥＤライトと眼鏡を取りに戻った。

かまちの穴は、別にそのまま何処かに通じているというようなものではなくて、単にぽかりと凹んでいるだけの穴のはずだ。

ライトで照らしながら覗き込んでみたが、石鹸は見当たらず、黒い粒々も痕跡一つ残っていない。

なくなったのは捨てようと思っていた石鹸一つだけなので、実害と言うほど大きな実害はないのだが、この大きさならもう少し値の張るものも通過できそうな気がする。

例えば腕時計とか、指輪とか……。

とりあえず、新しい石鹸をまた持ち逃げされるのは厭なので、かまちの穴にはペットボトルの先端を突っ込んで塞いでおいた。

面倒なので本格的な補修はしていない。

玉川上水接近遭遇

眠巣君の今年の通勤先は、昨年と変わらず三鷹である。

最寄り駅から玉川上水の縁を歩いて勤め先まで向かう通勤ルートにも、大分慣れた。

いつものように朝の玉川上水の側道を歩いていると、上水の川っぺりの草むらに虫が飛んでいるのが見えた。

蛾とか、カナブンとか。そういう類の虫かと思ったが、同種の虫と比べて心持ち大きいような気がした。人間の親指より少し大きいくらいはあるだろうか。

蛾の類ならそういう大きさのものもいるかもしれないとは思ったが、飛び方が変だった。

蛾ならもっとひらひら飛ぶのではないだろうか。

カナブンなら、もっと軌道の読めない不安定な飛び方をすると思う。

だが、その虫のようなものは、もっと直線的な飛び方をしていた。

等速度での直線運動。近いものはトンボか何かだろうが、トンボほど細長くもない。

ツイッ。スイーッ。

そんな擬音が浮かぶほどの滑らかな動きである。

〈何だろう、アレ〉

立ち止まってよくよく観察した。

それは、〈耳〉であった。

人間の耳。片耳。

それが、ツイッ、ツイーッと上水の水面の上を飛んでいるのである。

最初、耳だと気付けなかった理由もすぐに分かった。

黒いのである。

それも肌に沈着した色素の色や焼け焦げた外傷によって黒いのではなく、鉱山労働者の汚れた耳のような——言うなれば煤（すす）や泥がこびりついた耳といった具合だろうか。

ほぼ真っ黒ではあるのだが、まだらに白い部分が残っているような。そういう耳である。

耳は斜め上から斜め下に、向こう岸から眠巣君の立つこちらの岸に向かって、スッと飛んできたかと思うと、草むらの中にダイブした。

それっきり出てこなかった。

昨年、『回向怪談』で紹介した、作業服姿のおじさん（の怪異）を目撃したのと同じ場所である。

＊　＊　＊

耳を目撃したことを、すっかり忘れた一カ月くらい後のこと。

退勤後、自宅の最寄り駅から自宅まで、自転車を漕いでいた。

すると、黒くて蛾かカナブンのような、虫っぽい何かが道路を低空飛行していた。

それは一直線にこちらに向かって飛んでくる。

〈あっ、虫だ〉

としか思わなかった。

飛んできた虫っぽい何かが、ペダルを漕ぐ眠巣君の向こう臑（すね）に激突した。

〈痛っ……くない？〉

通勤中、ときどき飛んできた虫と衝突することがあるのだが、今回もそれだろうと思っていたので身構えたのだが、思っていたような痛みがない。

甲虫はそれが小さかろうが軽かろうが、そこそこのスピードでぶつかるとカツンという衝撃があって結構痛いのだ。

今回はどちらかというと、「ぺにょん」「ぷにょん」という感触だった。

言うなれば柔らかい肉片。

このときに、ふと一カ月前の〈耳〉を思いだした。
耳が付いてきた、ということもないだろうが、気になって足を止めた。
腔に耳なし。
一応、周囲を確かめたがやはり耳は落ちていなかった。
耳に関して言えば、以後は特に何もないとのこと。

止まれ

中西君のバイト先の飲食店は、なかなか雰囲気がよかった。

バイト仲間と社員の垣根がないというのか、いじめやパワハラで空気を悪くするスタッフがいないというのか、何ともフランクで気易いところが気に入っていた。

そこそこ遅い時間に営業を終え、閉店作業に取りかかる。

タイムカードを打刻した後、この夜は下らない雑談で盛りあがった。中西君は自宅から原付バイクで通勤していたから、終電を気にする必要は特にない。おまけに、既に勤務時間外であったから、だべりを諫める止める者もいなかった。

そのせいで、うっかり話し込んでしまった。

「今何時……あっ、やべえ。もうこんな時間！」

バックヤードの時計は午前三時近くを指していた。

何時になろうが構わないのだが翌日は早番の予定だったので、朝イチに起きなければならない。

「お先に！」

中西君は自宅を目指し、帰路に就いた。

バイトを始めてから結構経つ。あの道この道と試し、今は最短距離で行って帰ってこられる近道も開拓した。大通りと一方通行の道路をバイパスするので、時間帯や通勤ラッシュに左右されずに済む。

この通い慣れた通勤路の途中に、ごく狭い道がある。

墓地の脇を通る、車一台がぎりぎり通れるくらいの隘路(あいろ)である。

これが墓地に沿う形でなだらかな坂道になっているのだが、中西君の帰宅時間はいつも零時を回る深夜であったので、車通りはおろか人通りもほぼない。

故に、速度制限のことはあまり気にせずに、そこそこのスピードで飛ばすことができた。

この坂道は、下りきるとT字路に突き当たって終わる。

その突き当たりを右折した先が中西君の自宅である。

交通標識を越えてあと百メートル。道なりに僅かにカーブしてあと五十メートル。

突き当たりのT字路に合流する信号が見えてあと三十メートル。

もうじき坂道を下りきる――。

そこまで来たところでそれは起きた。

道路に書かれた〈止まれ〉というロードサイン。

それが、むくりと起き上がってきた。

文字だけがアスファルトから剥がれたような感じで起き上がっている。

「えっ？　えっ？」

ブレーキ。いや、間に合わない。

というか、こんなところ、こんなタイミングでブレーキングしたら絶対にコケる。

動転しながらも、中西君はぶち当たる衝撃を覚悟して〈止まれ〉に突っ込んだ。

が、中西君が突っ込んだ拍子に、〈止まれ〉の文字は白い靄(もや)に変わった。

白い靄を突き抜けると、〈止まれ〉だったものは、そのまま宙に溶けるように消えてしまった。

「……えっ？」

何とかコケずに持ちこたえ、どうにか停車できた。

振り返って路面を見る。

〈止まれ〉の文字は、きちんと道路に張り付いていた。

いや、これが正しい状態であることは分かっている。分かっているが納得いかない。

「えー……」

中西君は今も毎日同じ道を走っているが、こんなことがあったのはこの一度だけである。

散歩

会社の後輩の田尻が遊びに来た。
ヨレヨレのライブTシャツの肩口で汗を拭いながらの第一声がこれ。
「先輩！　暑いっすねえ！　何この部屋！」
うるさいよ！　おまえが暑がり過ぎなんだよ！
と悪態を吐いたが、実際のところクソが付くほど暑い部屋の中で扇風機を奪い合いなが
ら罵り合うのも楽しくないので、暑気払いにと夜の散歩に出かけることにした。

途中、立ち寄ったコンビニで五〇〇ミリのビールを四本買う。

エアコンの効いた店から一歩外に出た途端、夏の空気がムワッと淀んで纏わり付く。

「うわ、あっちぃ」

田尻はコンビニ袋をガサガサやってビールを一缶取り出すと、店の前で早速開けた。

——カシッ。プシュッ。

「何だよ早速かよ」

「カァアア、うめえ！　先輩も、ささグッといって下さいよグッと」

金払ったの俺だろ、と苦笑しながら自分もビールを一缶取り出し、田尻と同じように
グッと煽った。

冷たい液体が胃袋に滑り落ちていく。喉の奥をほどよく刺激する炭酸が堪らない。

「夏だねえ」

「夏っすねえ」

それから二人で缶ビールを煽りながら、夜道を歩いた。
コンビニを出て暫く行くと、川縁に出る。
この辺りまで来ると民家も少ない。
幅広で緩やかな川から微かに響く水音と姿の見えない虫の音。
その他には何も聞こえない。
そんな静かで心地好い散歩道を、田尻と二人ぶらぶら歩きながらビールを啜る。
隣を歩く田尻には静寂を楽しむ雅の心はないようで、酒で滑らかになった舌であれこれ
と話し掛けてくる。
「昨日のサッカーの試合が」

「この前の会議のとき部長の鼻毛が」

「インスタで可愛い女の子の写真が」

「評判のラーメン屋に行ってきたんすよ」

正直、よくもこれだけどうでもいい話ばかり出てくるものだと感心しながら、話題の殆どに空返事を返した。

見上げると、そこには満天の星空が広がっていた。

他に遮るもののない、そして街灯の類もあまりない川縁であるから、会社近くのビルの谷間から見上げる切り取られた星の少ない夜空とは比べるまでもない。

空は広く深く星は目映かった。

川面を撫でて涼気を運んできた川風は、エアコンの涼風などとは比べものにならないほどに心地好い。

実に気分のいい夜だった。


それから田尻のどうでもいい話をＢＧＭに、三十分ほど歩いた。

田尻は、「あっ」と小さく呟いた。

「どうした？」

隣を見ると、それまで駄話マシンガンと化していた田尻が、完全に沈黙していた。

大きく口を開いたまま、川を指差している。

だが、その指の示す先には河原と土手があるばかりで、それ以外には何もない。

「あ？　何だよ。何かいるの？」

田尻のことだから、カップルがいちゃついてるのを見つけたとかそんなレベルの発見だろうと思ったのだが、奴は目を見開き、口を開けて一点を指差すポーズを取ったきり、微動だにしない。

まさか、死体を見つけたとか、そういう物騒な発見じゃあるまいな。

でなければ、「って、ウッソでーす」というジョークのつもりだろうか。

あまりにも要領を得ないので、「もういいよ。行くぞ」と声を掛けた。

立ち竦む田尻は尚も動き出す気配がないので、「いい加減にしろよ」と軽く小突いた。

そのとき、背後から足音が聞こえた。

夜のジョギングの人かな。だったら道を空けないと。

そう思って、田尻を道の端に寄せようとして気付いた。

遥か後方からこちらに近付いてくるのは、田尻である。

「先輩。せんぱあーい！」

呼ばわりながら走ってくる。

「あっ」

何だアレ。誰だアレ。

いや、田尻か。

近付くたびにその輪郭ははっきりしてきた。

ヨレヨレのライブTシャツ。間違いない。田尻である。

いやいやいや、そうじゃないだろ。

田尻は俺の隣にいるだろ。

そう思って隣を見ると、直前まで馬鹿面ぶら下げて、どっかを指差して突っ立っていたはずの田尻は、何処にもいなかった。

待てよ。待て。今だぞ。今この瞬間まで、俺はこいつの馬鹿話に付き合いながら延々この川縁を歩いてきただろう。

漸く追いついてきた田尻は、ライブTシャツの肩口で汗を拭って、ハァハァと荒く息を吐きながら悪態を吐いた。

「酷いっすよ！　先輩！　小便するから待ってて下さいって言ったのに、先に行くとかないっしょ。鬼か」

え。いや、ナニソレ。

「小便？　何それ。俺、待ってくれなんて言われた憶えないぞ」

そもそも、コンビニを出てから今ここで立ち止まるまで、公衆便所は見かけなかった。

何処かで立ちションをする、というような申し出もなかった。

ずっと田尻と並んで歩いて、延々馬鹿話をしていたはずだ。

延々ビールを飲んでいたはずだ。

だが、話の内容を並べ立てても田尻と一緒にいた証拠としては薄い。どうでもいいような前にも聞いたことがあるような話題ばかりで、そもそも空返事で返していたからよく憶えてもいない。

そうだ、ビール。

四缶買って、俺が一缶開けて、もう一缶は田尻が持ってた。

二人で二缶開けて、残りは二缶。

慌ててコンビニ袋を掲げた。

田尻は、俺の手からコンビニ袋を奪い取り、ガサガサやって中を覗く。

「……先輩、一人で二缶飲んじまったんすか？　じゃあ、残り二缶は俺の分ってことでいっすか？　いっすね？」

袋の中には五〇〇ミリのロング缶が二缶しか残っておらず、もう一缶は俺が握り締めていて、もう一缶はさっきまでいた田尻に持ち逃げされて消えていた。

田尻が二人いた理由も、一方が消えた理由も不明である。

二人いたところで騒がしいばかりなのでそれはこの際どうでもいいのだが、奴が「あっ」と言って指差した先に何があったのかだけは、今も気になっている。

お地蔵様

夕暮れ時、いつもの帰り道を急ぐ。

家路を急ぐ人々の群れが途絶えた、いつもの公園の脇に差し掛かった。

見ると、公園の真ん中にお地蔵様が一体佇んでいた。

公園の遊具に囲まれ、夕日を浴びて朱に染まっている。

最前まで子供達が賑やかに遊んでいたのだろう遊具には、今はもう誰もいない。

柔らかに微笑むお地蔵様が、遊び疲れた友達を見送った後のように見えて、思わず手を合わせた。

ああ、何だか今日はいいものを見た。


家に帰り着いてから、ハタと気付いた。

あんなところにお地蔵様なんかあったっけ。

いや、公園の片隅にあったのに自分が今まで気付かなかった、とかならまあ、分からんでもない。

でも、公園のど真ん中。

遊具に囲まれた敷地の中央に、お地蔵様が置かれてるとか、変じゃない？

だって、そんなところにお地蔵様があったら、邪魔。子供が遊びにくい。

そうでしょ？


翌日、出かける途中に昨日の公園の脇を通った。

朝の明るい日射しに照らされた公園に、お地蔵様はなかった。

据えられていたお地蔵様が動かされた跡などは特になく、最初からそんなものは何処にもなかった。

では、昨日拝んだアレは一体、何だったのか？

石

「今、あなたのお義母さんの家の前にいるんだけど！」

休日の午前、唐突な知らせが飛びこんできた。

電話の主は友人で、夫の実家……義父母が暮らす家の近くを、本当に偶々通りかかったところだという。

「あなたのお義母さん、今、救急車で運ばれるとこ！　お義父さんが付き添ってる！　搬送先の病院は――」

矢継ぎ早に捲し立ててくる。

勝又さんの義母は身体を壊し、数年前から殆ど寝たきりの生活になっていた。

この日、容態が急変した、らしい。

「私も、それ以上詳しいことはちょっと分からないんだけど、伝えたからね！　急いで行ってあげて！」

「あ、ありがとう！」

第一報として十分過ぎる知らせを受け取り、友人には手短に礼を言って電話を切った。

友人が居合わせてくれるなんて運が良かった。

とはいえ、肝心の夫は朝から遊びに出かけてしまっている。

とにかく夫を呼び戻さなければ。

夫の携帯にはすぐに繋がった。

「お義母さん、救急車で運ばれたって！」

「そっか」

夫に今どの辺りにいるかと聞くと、意外にもあと数分で自宅に着くところまで来ている、という。

「いや、何だか分からないんだけど、今日は帰らなきゃいけない気がして……それで途中で引き返してきたところだったんだ」

夫が引き返してきていたなんて運が良かった。

「とにかく、私もすぐに出られるから、家の前で拾って！」

間を置かず到着した夫の車に乗り込み、夫婦二人で取るものもとりあえず病院に急いだ。

色々とタイミングが良かった。

搬送先の病院に着いてみると、救急車はまだ到着していなかった。

どうやらこちらが先回りできていたらしい。

幾許（いくばく）もしないうちにサイレンが近付いてきた。

到着した救急車から素早くストレッチャーが下ろされる。

義母は意識がないようで、盛んに声を掛けられながら救急隊員に運ばれていった。

付き添いで救急車に乗り込んでいた義父はその足で入院手続きを、勝又さんは処置室に運ばれた義母の付き添いを引き継ぐ。

夫は義母の入院中の手荷物を病室に運ぶことになった。

父が予めまとめてあった身の回りの品の入った鞄や手提げを持って、病棟に向かう。

病室は二階だと聞いた。

夫は荷物を持って階段を上った。

踊り場で折り返し、階段を上りきったところを右に折れて突き当たりの病室だと聞いている。

上りきって、右に折れたところにある病室の前を通り過ぎるとき、室内が見えた。

少し変わった病室だった。

病室の床が全面、畳敷きになっている。

その中央には、着物を着た品の良さそうなお婆さんが一人。

持ち運びできるくらいのこぢんまりした鏡台が置かれていて、着物姿の老婆はその鏡台の前できちんと正座していた。

畳敷きの病室なんて珍しいな、と思った。

高齢の患者さんなら、畳に布団のほうが自宅にいるようで寛げるとか、そういう配慮なのかな。

そう納得しかけたのだが、二、三歩行ったところで足を止めた。

いや、ないだろ。ないない。それはない。

畳敷きって……それじゃ看護師さんはいちいち履き物を脱ぐのか？

ストレッチャーや点滴を吊るスタンドやキャスターの付いた医療機器は、どうやって畳の上に運び込むんだ。

一瞬の納得を違和感が上書きした。

数歩戻って改めて病室を覗いたが、普通の病室だった。

床はもちろんリノリウムで、室内には入院患者は誰もいない。

当然畳は敷かれておらず、鏡台も、その前に正座する着物姿の老婆もいない。

この間、ほんの数秒のことだった。

義母の容態は一進一退していた。
重篤になったかと思えば、意識が戻ったりもした。
医師の表情はあまり芳しく(かんば)はなかった。
何とはなしに、覚悟もしていた。
勝又さんと夫、義父、それから義妹が入れ替わり立ち替わり、義母に付き添った。
義母の意識が戻ったとき、義妹はこんなことを頼まれた。
「石を。庭の石を持ってきてくれないかしら……」
石をお願い、石を……。
繰り返しそう呟くと、義母の意識は再び混濁していった。
「お義姉さん、庭の石って何だと思う?」
義母の不思議なお願いに、義妹は首を傾げていた。
記憶が混乱していただけで、深い意味はなかったのかもしれない。
が、そういえば以前、元気だった頃の義母がこんな話をしていたことがあった。
〈石をね、枕元に並べるの〉
これは不意に義母の口を衝いて出た言葉で、前後の脈絡のない唐突なものだった。
〈お義母さん、どうして石なんか並べるんですか?〉

勝又さんは不思議に思って、そう訊ねてみた。

義母は〈うふふ〉と笑みを浮かべ、答えを教えてはくれなかった。

「多分、お義母さん家の庭の石だと思う。どの石とか、大きいとか小さいとかはちょっと分からないけど……枕元に並べるのなら、小石でいいんじゃないかしら」

再び意識を失った義母は、消え入りそうな命を医療機器で細々と繋ぎ止めているだけの状態である。今、こうして付き添う以外のことで、家族にできることはもう殆どない。

ならば、義母の恐らく今生最後になるかもしれない願いを叶えてやりたい。

自分達には意味が分からなくても、意味がなくても、義母には何か意味があることかもしれない。

義母を義妹に任せて、勝又さんは義父母の家に向かった。

庭には小石が幾つもあったが、その中のどれが義母にとって特別な石なのかは分からないので、そのうちの幾つかを拾い集めた。病室で患者の枕元に並べるのだから、あまり不衛生でもいけないと思い、ザッと水洗いだけでもして袋に詰め、また病院に取って返す。

「お義母さん、石を持ってきましたよ」

もう返事はないが、義母の願いを叶えるため庭から拾ってきた小石を、義母の枕元に並べていった。

看護師達は、一体何の儀式が始まったのかと驚いた様子だった。ただ、臨終が近い患者が何らかの宗教的な儀式を望むことはないわけではないからか、石を並べることを咎められはしなかった。

義妹に石を望んだ後、結局意識が戻ることはなかった。

入院から一週間が過ぎ、義母は亡くなった。

庭の石を並べることが義母が亡くなる前に間に合ったのは、運が良かった。

葬儀の折、親戚や義母の知人に石のことを訊ねてみた。

あの石を置く行為に、何か意味があるのでは。儀式か、お呪いか。

そう思ったのだが、石に纏わることは誰も何も知らなかった。

何もかもタイミングの良すぎた入院の日、夫が見た畳敷きの部屋の老婆、それらと義母が石を欲しがったことに、何かの因果があったのかもとは思う。

しかし、その秘密を持ったまま義母は逝ってしまった。だからもう、今となっては知る術は何処にもない。

秘密を持つのが好きな、少女のような人だった。

非合理につき

ある夏の日の話。

その日、営内を彷徨(うろつ)いていて先輩に会った。

こんな時間に珍しい。

「お疲れ様っす」

「おう、今日はどうした」

「いえ、ちょっと野暮用で。それより宮永さんのとこ、入院が出たって本当っすか」

「おお。同室の新兵が胃腸炎やらかしてさ」

宮永一曹は陸自の先輩で、何かと面倒見のよい好人物である。

「そりゃ大変っすね」

員数が欠けると、演習も営内での用事も色々大変そうである。

「まあ、大変は大変なんだが……ちょっと責任感じててさあ」

おまえ、どう思う？　と、宮永一曹は語り始めた。

＊　＊　＊

宮永一曹は、日中の演習で思いの外バテたので、その日は消灯より大分早めに寝台に潜り込んだのだという。

夜中に目が覚めたのは、多分そのせいだろうと思う。

室内は真っ暗。

枕元の時計で現在時間を確かめてみたが、まだ二時前である。早起きにもほどがある。

寝直すか……と寝返りを打った。

身体を捩ったとき、自分の足下側に異様なものがあることに気付いた。

はっきりとした形は分からないが、何か黒いもやもやしたものが在る。

いや、いる。

室内が真っ暗であるはずなのは確かなのに、〈黒いもの〉が佇んでいる。

〈おかしいじゃないか。何故、暗いのに黒いと分かる。何故、形も分からないもやもやしたものが、佇んでいると分かる〉

一瞬で目が冴えた。

そして思った。こいつはヤバい奴だ、と。

多分、こいつは俺のほうを向いている。

俺に向かってくる。そのつもりでこちらを窺っている。

直感というものなのだろうが、宮永一曹は先手必勝とばかりに、不定形のそれに向かって恫喝した。

「来るな！」

心で念じるとかそういうものではなく、はっきりと声に出して、号令のように怒鳴った。

案の定、黒いもやもやは動き始めた。

が、宮永一曹の剣幕に恐れを成したのか、隣の寝台で鼾を掻いている後輩二士のほうに移動していく。

そして、二士の身体に、スポン！　と吸い込まれた。

暫しの間、警戒を厳にした。

二士の身体、室内の他の空間、出入り口、窓などに注意を払う。夜間行軍の訓練で山林で周囲警戒したとき以来の超警戒体制である。

しかし、先程までのもやもやの気配は完全に消えている。

〈ならばよし！〉

宮永一曹は漸く安心して、今度は朝までゆっくり眠りに就いた。

翌朝、二士は腹を押さえてのたうち回っていた。

新兵とはいえ、そこそこ鍛えている若い自衛官であっても、内臓の痛みには耐えられないわけで、即時入院となった。胃腸炎と診断されたため同室者への感染の可能性を警戒したが、幸いにして罹患者は他に出なかった。

〈そういえば、夜中にどす黒いのがいたな……〉

そこで、自分が追い払った黒いもやもやしたものが、病院に担ぎ込まれた二士の身体に入っていったことを思いだした。

だが、「俺のせい」と謝っても理解されにくいだろうし、入院者が出ているのに「営内に出た黒いもやもやを追い払って」などと事情を説明するのも科学的に非合理である。

何より不謹慎である。

＊　＊　＊

「……まあ、そういうことがあったんだけど、切り出しにくくて黙ってたんだ」

宮永一曹は、普段、怪談など微塵もしない人なので、このときばかりは酷く怖かった。

饗庭野演習場

陸上自衛官辻村二等陸曹は、そこそこスレている。

「……昔からスレてたわけじゃないっスよ。任官直後は素直でしたから」

辻村二曹がまだ辻村一士だった、十年ほど昔のこと。前後期の新隊員教育を修了し、原隊配置になってすぐに演習訓練に駆り出された。

「滋賀県高島市に、饗庭野（あいばの）演習場という森に囲まれた演習場がありまして。配置直後にいきなり『これから演習だ！』と。隊のやり方とか注意警戒すべき点とか、まったくの新兵には全ッ然分からないわけですよ。先輩に何か言われたら、『ハイ！』『ハイ！』って復唱して言われた通りにやるしかないという」

それでも新隊員教育で扱かれて身に付いた根性で、何とか食らいついていった。

演習二日目の夜、歩哨（ほしょう）を命じられた。

歩哨は要するに見張り、寝ずの番である。

演習場内で行う野営であるから、実際には警戒すべき敵はいないのだが、「敵が夜陰に紛れて侵攻してくる可能性に備えて、これを警戒する」という名目になる。

実際には近辺を歩き回って警戒するわけではなく、野営地の近傍で立って警戒するので、歩哨というより立哨のほうが実態に近いのだが、慣例となっているこの呼称を咎めるものはいない。

そしてこの歩哨担当は古株の隊員達は大抵嫌がり、下っ端の新兵が部隊演習の洗礼として任されることが多い。

「まあ、誰だって夜は寝たいですから。交替があるとはいえ、歩哨は基本、不眠警戒ですから疲労も溜まるわけっス」

上官が辻村一士に歩哨任務を命じた。

「辻村一士！　歩哨を命ず！」

「ハイ！　辻村一士、歩哨を拝命します！」

「何らかの兆候があった場合、漏らさず報告するように命ず！」

「ハイ！　何らかの兆候があった場合、漏らさず報告します！」

何しろ十年前の話なので辻村一士はまだまだ初々しく、上官の命令にも素直に従った。

この夜は、折からの大雨でコンディションは最悪だった。

支給された雨具はもちろん装備しているのだが、だからと言ってまったく水漏れがないわけではない。何より、寒い。立哨は立っているだけでよい、というより迂闊に動き回らないほうが敵に発見されにくいので、むしろ動かないほうが良いのだが、ジッとしているだけで体温がどんどん奪われていく。

寒さで集中力が落ちる。加えて大雨のせいで視界が利かない。

演習場は山と森に囲まれており、当然ながら演習場内に街灯や光源になるようなものはない。加えて、豪雨の深夜の森の中であるので、如何に宵闇に目を凝らそうとも視界は殆ど役に立たなかった。

背後の野営地以外、人の気配も明かりも何もない雨音煙るだけの闇である。

樹々を打ち、地面を泥濘とさせる雨音は聴覚をも奪う。

見えず、聞こえず、ただただ寒い。

そこで寝ずの番として立ち続けるが、「敵の襲撃」に備えなければならないから警戒を解いてはならない。

なかなかにハードである。

「こんなんで〈兆候〉を見出せとか、無理ゲーもいいところっス」

雨中に感あり。

雨の中を、黒い影が進むのが見えた。

闇の中にあったが、その影は人であるとすぐに分かった。

自分達隊員に支給されているのと同じ、鉄帽（テッパチ）の丸いシルエットが見えたからだ。恐らく〈御同輩〉と思しき装備の人影が十人ほど。隊列を組んで歩いている。

なるほど、ここは演習場内である。

これは雨中行軍訓練というわけか。

しかし、なかなかの手練と思われた。彼らは酷くぬかるんだ足下をものともせず、吹き付ける風雨をも厭わない。

何より、足音がまったく聞こえない。彼らは辻村一士には気付いていないようだった。

野営中の歩哨は、ただぼんやりと屋外に立つわけではない。

歩哨壕という、謂わば「物陰」を設定する。監視側である歩哨からは警戒すべき周囲を見渡しやすく、侵攻する側、野営地の外側からは歩哨の存在は見えにくい。万一、接敵しての銃撃戦となった場合、歩哨壕はそのまま敵の攻撃から身を隠す障壁になる。

故に、雨中行軍する部隊が歩哨中の辻村一士に気付かないのは無理からぬことだろう。

ただ、雨中行軍訓練を行う部隊がいるとは聞かされていない。

味方側と誤会敵してしまうようなことがないよう、別行動をする部隊があれば必ず事前に予定通達がされているはずである。

上官の言いつけを脳内で反芻した。

「予め通達された予定にないものは、全てイレギュラーだ。イレギュラーはそれが些細なことであっても、自分で判断してはならない。判断するのは上官の役割であり、見たものを見たままに報告せよ。報告は曖昧にせず、正確にせよ」

新隊員教育でも散々言われたことだ。

辻村一士は、歩哨として雨中行軍の部隊に声を掛けるべきかと考えたが、咄嗟に「これが実戦だった場合を想定しろ」と思い直した。

これが実戦で相手が敵だったら、声を掛けた途端に攻撃されるかもしれない。

ならば、彼らの行動を見極めてから、報告するのが正しいのではないか。

歩哨壕から盗み見る間、彼らは全員が一言も言葉を発さず、一心不乱に泥濘を踏んでいた。にも拘わらず、泥を跳ねる様子はなく、樹々や枯れ葉を踏む音も聞こえない。

野戦服の衣擦れも、呼吸音も聞こえない。まったくの無言、まったくの無音である。

そのまま野営地から見て突き当たりになる森に足を踏み入れ、消えた。

文字通り、スッ、スッ、と闇に溶けるように消え失せていく。

暗がりに紛れて見えなくなるのではなく、消えていくのである。

これは、どう報告したものか、とは思ったがこのまま伝えるしかあるまい。

最後の一人が消失するところまでを見送った後、辻村一士は上官にその様子を報告した。

「以上、十名ほどの行軍中隊あり。森の入り口で消失しました。報告終わり」

「……こんな時間に行軍する部隊があるとは聞いていない。だからおまえが見たのは見間違いだ」

「え。しかし、確かに夜間行軍していましたが」

「いやいやいや、ないから。見間違いは報告しなくてよろしい。以上、任務に戻れ」

「ハイ！　任務に戻ります！」


森の入り口で消えた行軍中隊は、結局現れず、翌日以降何処の部隊も夜間訓練などしていなかったことが明らかになったのだが、辻村二曹は未だにこのときの目撃に間違いはなかった、と言う。

「見たままに報告しろって言うから報告したんスよ。演習場に幽霊が出るなら、予め先に言えってんだ」

辻村二曹がスレ始めた原因は多分これ。

伊豆か何処かで

あまり金はないが暇だけはある都会の大学生が、社会に出る前のモラトリアムの最後の夏にそれなりに楽しみたいと考えたとき、手っ取り早いのは海である。

赤城君達はインカレのサークルで知り合った仲間と一緒に、伊豆のとある海水浴場に泊まりがけで遊びに行った。

彼女も連れて――と言いたいところだが、赤城君を含めた同行者四人は誰一人として彼女などいないのだった。

しかし夏の解放感が気持ちを大きくさせるのか、「女なんか海で現地調達すりゃいいんだよ！　ナンパしようぜ！」と誰かが言い出し、全員が「それでいこうぜ！」と合意した。

とはいえ、これまで一度たりともナンパを成功させたことがない人間と、そもそも一度たりともナンパをしたことがない人間が集まって女の子に声を掛けてみたところで、そうそううまくいくはずがなく、ナンパの成果のほうは一日掛けてもさっぱりだった。

それでも見知らぬ浜辺で見知らぬ女の子に声を掛け、飽きたら思う存分泳ぎ、海の家の軒下で存分に昼寝をするなど、やはり大学生ならではの時間の使い方、愉しみ方であった。

そんなこんなで夏を満喫しているうちに、午後遅く——夕方が近付いてきた。

波打ち際から離れて防波堤の辺りで開業している海の家は何軒かあった。いずれも地元民が営業している仮設店舗だが、どうも夜間営業はしないらしく慌ただしくテキパキと片付けられていく。

「台風が近付いてて天候が崩れるとか浜辺が満潮で水没するとか、そういう理屈なら分かるんだけど、何で夜間営業しないんだろな」

赤城君は首を捻った。

何しろ夏真っ盛りである。都心にもう少し近い神奈川辺りの海水浴場なら、日が落ちた後にも夜間営業が当たり前だ。ライトアップして小洒落(こじゃれ)たバーに早変わりしたりするのだ。

この辺りの浜でもそういう営業スタイルにすれば、もっと客が増えるだろうに何故やらないのだろうか。田舎の人は儲け話に興味がないのだろうか。

店舗から追い出されながらそんなことを考えていたら、海の家のおばちゃんが赤城君達に声を掛けてきた。

「あんたら、何処に泊まるか決めてるの？　宿取ってないなら、暗くならないうちに帰ったほうがいいよ」

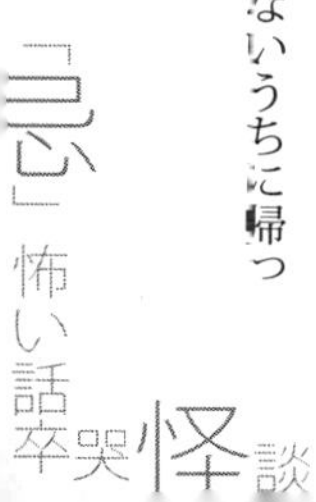

まるで、夏休みの小学生のようにあしらわれている気分だった。

赤城君達から見て親よりも何周りか年上のおばちゃんから見れば、大学生などまだまだ子供に見えるのかもしれないが、「暗くなる前に帰れ」ってどういうことだろう。

理由を訊ねる間もなく、おばちゃんは片付けを終えてさっさと帰ってしまった。

しかし、赤城君達はまだまだ遊ぶ気満々だったので、見知らぬオカンの忠告などさして重要とは思わなかった。


夕日が海に沈むのを堪能し終えた頃には、辺りはとっぷり暗くなっていた。

しかし、夜には夜の楽しみがある。

宿を取る金などないので、最初から浜辺にテントを張ってキャンプをする予定だった。

車に積んできたバーベキューコンロに火を熾(おこ)し、その明かりでテントを張る。

昼間ナンパした女の子と夜はバーベキューで盛りあがる予定だったが、女の子は現地調達できなかったので、結局サークル仲間の四人でバーベキューらしきことをやり、行きがけにコンビニで大量に買い込んできた花火に火を点けた。

近場の民宿に泊まっている女の子が、浜辺まで夜の散歩に訪れるかもしれない。

そんな希望を持ってもいたが、そういう出会いも特に起きないまま夜は深まっていった。

「まあ、ナンパとかそういうのは成功したら御の字みたいなもんだから、別にダメならダメでいいんだよ」

「そうだな。オマケみたいなもんだしな」

強がりなのか想定内なのかはさておき、野郎四人でも十分に夜を楽しむことはできる。

これまた色々想定して大量に買い込んできた酒もある。

夜通し飲んで夜を明かそうぜ！　と、気炎を上げた。

実に大学生らしい発想である。

広々とした海岸にテントを張っているのは赤城君達だけだった。

故に、他に宿泊テントはなく、声の届く近場には民家も民宿もない。

ロケット花火をぶち上げようが、酔って奇声を上げようが、隣室から壁ドンされる恐れもなければ、大家に注意を受けることだってない。

モラトリアムの夏の夜は、実に開放的であった。

騒ぎ放題騒いで、そのうち皆が疲れて静かになり始めた。

話し声が消えて、代わりに静かな寝息やら大きめの鼾やらが、テントの中に響く。

皆、さすがに眠り始めたのだろう。

昼間の熱気が砂浜に残っているのか、酒飲んで馬鹿騒ぎした男四人の熱気がキャビン内に残っているのか、テントの中は昼間と変わらないほどに熱が籠もっている。

というか暑い。

蚊やら虫やらよりも、この熱気のほうが堪らない。

赤城君はうとうとしながら、開けっ放しのテントの入り口から海を見た。

夜の海は真っ暗だというが、この日は月が煌々と明るく、外灯などない浜辺をも見渡すことができるほどだった。

遠く水平線に、星が海に落ちたのかと思えるほどに明るい光が幾つか瞬いて見える。

恐らく、夜間操業している漁船の集魚灯の類だろう。

月明かりと集魚灯は、自分達以外の誰かがそこにいることを感じさせる。

小恥ずかしいポエムを呟きかけてハッと我に返るくらいには、夜の海は綺麗に見えた。

やがて、赤城君も眠りに落ちた。

いつ頃眠りに落ちたのか、そしてどのくらい眠っていたのかは分からない。

ふと目を覚ましたとき、辺りはまだ暗く夜明けには大分早いことだけは分かった。

そして寒かった。

夏の夜とはいえ屋外だからか、浜辺で薄着だからか。

風はないが、霜が下りそうなくらいに寒い。

つい先程まで、「暑くて眠れない」とテントの入り口を全開にしていたのが嘘のような寒さである。

風でも出てきたのか、と入り口を見遣る。

入り口は墨で塗りつぶしたように黒かった。

そして、外も真っ暗だった。

月明かりは何処にもなく、集魚灯も見えない。

今夜の月の入りはそんなに早かったか？

何故、星明かりすら見えないのか？

それとも起き抜けだからか？

そのうち漸く闇に目が慣れてきて、砂浜の様子は分かるようになった。

闇の中で動くものがあった。

砂浜に影が見える。

人かもしれない。

だがそれは、本当に人かどうかは判然としない。暗くてどうにもはっきり分からないということもある。

しかしそれ以上に、挙動が人らしく見えなかった。

それは、波打ち際に寝そべっていた。

そのうち、のたうつように蠢いてこちらに少しずつ近付いてきた。

歩いているのではなく、這いずりながら近付いてくる。

接近者は一体ではなかった。這いずりながら近付く音も気配も蠢く姿も三体分ある。

得体の知れないものが向かってくる。人か動物か他の何かなのかは分からない。

ただ、あれはヤバイもののような気がする。

どれほどの遮蔽効果が期待できるのかは分からないが、せめてテントの入り口を閉めようと思った。奴らにこちらが見つからないようにすれば、やり過ごせるのでは、と。

赤城君が身体を起こしてテントの入り口に近付こうとしたとき、入り口近くで寝ていたはずの仲間が素早く入り口のファスナーを閉じた。

「おまえ……寝てなかったのかよ」

「当たり前だろ。あんなん見て寝てられるかよ」

「おまえもかよ。見たよな？　今の見たんだろ？」

「だよな？　何かこっちに来たよな？」

いつの間にか、全員起きていた。

そして全員があの這いよるものを目撃していたらしい。

このとき、テントを放棄して車に逃げ、また車で走り去るという発想は誰からも出てこなかった。

ぺらぺらのナイロン生地が、何故か強固な結界のように思えた。このテントの中から出なければ、テントの中に入り込まれさえしなければ俺達の勝ちだ！　……みたいな。

誰が言い出した訳でもないが、方針が定まった。

四人全員が一丸となってテントの端を押さえた。

入り口は一つしかない。ファスナーをがっちり押さえれば大丈夫なはず。

引っ繰り返されないよう、四隅を押さえていれば持ちこたえるはず。

寄る辺がナイロンの薄皮一枚に過ぎないことは、なるべく思いださないようにした。

這いずる音は、テントの間際まで辿り着いている。

突然、テントが外側から大きく圧迫された。

フライシートごとテント本体が内側に凹んでくる。

それは明らかに手形だった。

何者かがテントの外から手のひらを押しつけている。

「畜生、誰だよ！」

「いやだ、やだよ……こんなのやだよ……」

女の子のようにさめざめと泣く声が聞こえる。

「うるせえ！　泣くな！　いいから絶対に手ェ離すなよ！」

三人分の手形がテントを押し潰すほどの勢いでナイロン生地にぐいぐい押しつけられる。

次に手とは別の形のものがテント生地の内側に浮かび上がってきた。

顔である。

先程の手形と同じように、顔が押しつけられている。

表情が分かるほどではないにせよ、はっきり人の顔と分かる程度に強く圧迫している。

先に付けられている手形の位置と合わせると、まるでテントの中を覗こうとしているかのようだった。

赤城君達にできることは、ただひたすらテントを押さえるのみだった。

氷点下を疑うほどの寒さの中、鳥肌を立てガタガタ震えながら三人分の何かが立ち去るのを待ち続けるほかには何もできない。

五分か十分か一時間か、どれほど過ぎたのかは分からない。

テントに押しつけられていた顔が離れた。

身体を支えていたと思われる手形も消えた。

一人、また一人といなくなっていき、遂に最後の一人が消えた。

立ち去る足音のようなものは聞こえなかった、と思う。

それでもまだ不安が残った。

足音が聞こえないのだから、まだそいつらは近くにいるのではないか。我々がテントから飛び出してくるのを待ち構えているのではないか。

恐怖に苛(さいな)まれ我慢に我慢を重ねていたが、そのうち赤城君達は耐えられなくなった。

暑いのである。

最前まで、霜が下りるかと思うほどの寒さであったはずだった。

しかし今は暑い。

エアコンの切れた熱帯夜、パチンコ屋の駐車場に放置した車の中、直射日光を浴び続けた砂の上に立つテントの中、そして学祭でやった我慢大会。そういう類の暑さがいつの間にか戻ってきていた。

テントの入り口のファスナーを解放すると、湿気を含んだ夜風がキャビン内に流れ込んできた。

テントの外は暗かった。

しかし、煌々とした月明かりが砂浜を薄明るく照らし、遠く水平線には集魚灯の光が見

える。

眠りに落ちる直前まで見ていた、普通の海だった。

そのうち全員が「暑い暑い暑い」と唸り始めた。

こうなってしまうと今度は寝直そうにも暑くて眠れない。

残っていた酒を飲んでも身体が火照るばかりで涼しくはならず、眠気もやってこない。

結局、誰一人として眠れず、そのまま夜明けを迎えた。


翌朝、十分に明るくなったのを確かめてからテントの外に出てみた。

波打ち際から赤城君達のテントに向かって、何かが這いずった痕は確かにあった。

海草やゴミのようなものを巻き込んできたそれが、砂浜に筋のように刻まれている。

それはテントの周囲にも及んでいたが、そこから立ち去った足跡のようなものは何処にも見当たらなかった。

どう評していいのか言葉が思い浮かばず茫然と立ち尽くしていると、昨日真っ先に引き揚げていった海の家のおばちゃんが、開店準備のためにやってきた。

おばちゃんは赤城君達を見つけて、言った。

「あらー。あんたら、泊まったの？　ここに？　宿取れって言ったのに」

そして、悄然（しょうぜん）とする赤城君達を一瞥してにやりと笑った。

「どうせ、何かあったんでしょ？」

帰港

その日、初夏の海は凪いでいた。

その頃、田端さんは兼業漁師として道北の漁村にある実家の漁を手伝っていた。

早朝、家族とともに漁船に乗り込み、沖合に漁具を張る。暗いうちから波に揺られて海に出るのは既に生活習慣の一部になっており、辛いとは感じない。

凪いで潮も穏やか、空は晴れて午前の日射しが小気味よい。

今朝方に立て込んだ漁網を引き揚げるのはまだ先なので、漁師としての仕事は今日はもう終わりである。

陸に上がり、海を見晴らす実家のリビングで朝の珈琲など啜りながら、雑誌のページを捲っているとき、携帯が鳴った。

「お、誰からだろ」

机の上に放ってあった携帯電話に手を伸ばそうと、雑誌から顔を上げた。

海を見晴らす窓の先に、あってはならない光景が広がっていた。

大型の漁船が漂流していた。

腹を見せる船体の端に、見覚えのある船名が見える。

馬場先輩の乗り組んでいる船で間違いない。

鳴り続ける携帯に応答すると、漁協の職員が金切り声を上げていた。

「馬場が落水ちた。港に来てくれ」

田端さんは「おう」と短く応えて、バネ仕掛けの人形のように家を飛び出した。

ハンドルを握ってひた走る道すがら、様々な推測が脳裏を過ぎる。

今日は朝から凪いでいたし、強風も特になかった。

今年の水揚げは平年並みだ。船が転覆するほどの過積載——大漁とも考えにくい。

津波に飲まれたとか。いや、漁船を引っ繰り返すほどの津波が起きていたなら、この辺りだって揺れたはずだ。地震警報なんてなかった。

だが、海の上で何が起きるかなど、全てを見越すことなど不可能だ。

とにかく今は船が漂流し、知己が海に落ちたということが確定している全ての事実だ。

ただ、希望的観測は抱いてはいなかった。

どのくらい前に船が転覆したのか分からず、漁協に連絡が届いたのがいつのことか分からず、こうして港に向かう間にも時間は刻々と過ぎている。

当然ライフジャケットは着けているだろう。だがしかし、初夏とは言っても道北の海は

冷たい。落ちて流されて発見されておらず、捜索にこうして同業の漁師達が駆り出されているということは、遅くない段階で、捜索の意味は「人命救助」から「遺体発見」を見越したものに変わるだろう。

漁協で事のあらましを聞いた後、田端さんを始めとする漁協の漁師達はそれぞれ自分の漁船を駆って、馬場先輩の船が遭難したと思しき海域に繰り出した。

港には万一に備えて地元の警察と救急が待機。そして、沖合には海上保安庁の白い巡視船が展開して、漂流者の監視に当たった。

漁場としている海域は、漁協の漁師達の漁船が捜索に当たる。海保の船は大きすぎて小回りが利かず、海中に仕込んだ漁具を巻き込んでしまう可能性があった。そうなれば、長期の休業を余儀なくされ、漁師達に二次災害が出る。故に、漁場には漁船しか入れない。

田端さんを始めとする漁師達は同僚漁師の行方を懸命に探した。

しかし、その日は日が落ちる寸前まで探しても見つからなかった。

暗くなってからでは、スクリューに巻き込んでしまう恐れがあり、肉眼での捜索も難しくなる。それ故に、夜は「自力で戻ってくる」ことに期待を賭けるしかない。

港では夜通し火を焚いた。灯台とは別個に、沖から陸を目指すための目印になるかもしれないからだ。

その晩、誰かしら入れ替わり立ち替わり立ち寄っては焚き火に薪をくべ、交替で火の番をしながら馬場先輩の帰還を願った。

馬場先輩の遭難から二日が過ぎた。

この日も漁師達は捜索を続けた。仕事を置いて、とにかく捜索活動を最優先とした。

潮の流れを考えて、或いは別の浜に辿り着いたのかもしれない。人気のない浜に漂着してしまい、羆（ひぐま）を避けて動けないのかもしれない。

そう考えて海側からしか上陸できないような海岸を漁船で調べて回ったりもしたが、それらしい人影は見つからなかった。

連日、成果のない捜索が続くうち、皆の諦めと疲労がピークに達しつつあった。

馬場先輩の家には、先輩の奥さんの他に漁協の婦人部の若い奥さん達が詰めていた。

留守番を手伝うというのもあるが、いつ馬場先輩がひょっこり戻ってきてもいいように、或いは先輩の奥さんが茫然自失して後を追ったりしないように励まし、とにかく必ず誰かしらが片時も離れずに先輩の奥さんの側に付き添う必要があった。

馬場先輩の遭難から五日目の昼のこと。

皆で昼の支度をしていたところ、先輩の奥さんが声を上げた。

「あんた……帰ってきたのかい！」

驚きと安堵の入り混じったその声は、微かに震えている。

帰宅した夫を出迎えるのに、まず何からどうしたものかと思案した彼女は、やはりいつも通りがいいだろう、と立ち上がった。

台所の冷蔵庫を開け、瓶ビールを取り出した。大瓶を一本と冷えたグラスを居間の座卓の上に並べる。

「ビールがいいのかい？」

よかった、無事だったのか。

夫婦の再会を邪魔しないようにと、こっそり居間を覗いた留守番の奥さんは息を呑んだ。

甲斐甲斐しく冷えたビールを並べ、泣き笑いでニコニコしている馬場先輩の奥さん。

その他に、座卓の前には誰もいなかったからだ。

居もしない夫が、やっと帰ってきたと思い込んでいるのだろう。

馬場さん、とうとう壊れてしまった——。

若い奥さん達は息を呑み、しかし騒然となった。

どう声を掛ければいい、皆にどう伝えればいい。

動揺を言葉にするための戸惑いと僅かな沈黙。

それを破る音が聞こえた。

——ごくり。ごくり。ごくり。ごくり。……ッんはー。

喉の鳴る音がする。

冷えたビールを一気に飲み干す、あの喉越しを表現する音。

馬場先輩は、無類のビール好きであった。

飲み会の席でしばしば聞く、あのビールのＣＭみたいな独特の吐息は、呑兵衛の夫達を世話する奥さん達もよく知っている。確かに馬場先輩のそれであった。

「今の、聞いた？」

「聞いた」

馬場先輩が帰ってきたらしい、という話はその日の内に漁師仲間の間で持ちきりになった。

「もしかしたら、今日辺り〈帰ってくる〉のかもしれんな」

このときにはもう、生きてはいないような予感があった。


七日目の午前は、それぞれが漁に戻った。

漁具を張り、或いは網を引き揚げる。

漁師の暮らしは水揚げによる現金収入に左右される。遭難者の心配を忘れたわけではないが、漁をしなければ食べていけない。

それでも手の空いてくる午後になると、やはり気になって捜索に戻った。

波打ち際や港の入り口近くのテトラポットの周辺を巡回していたとき、それに気付いた。

テトラポットの陰に、白くぶよぶよに膨れあがった大きなクラゲにビニールゴミが絡まった、漂流物のようなものが浮いていた。

馬場先輩は、漸く港に戻った。

僕にだけ

碧尾さんの父が亡くなったのは、二十一世紀に入って間もない頃のことだという。

「自殺でした」

特に前触れはなかった。何かで悩んでいたとも聞いていないし、そんな素振りを見た記憶もない。遺書もなく、父が何故死を選んだのかについて、まったく分からなかった。

家族に何の相談もなく、言葉も残さず、フッと思いついたような気軽さで死んでしまった父について、碧尾さんは特にこれといった特別な感情は湧かなかった。

ただ、長年連れ添った母は父を突然喪(うしな)ったことについて、戸惑いと衝撃と悲しみが綯(な)い交(ま)ぜになったように動揺し、憔悴(しょうすい)していた。嘆くより他に何も思いつかないというほどに、母は一夜にして窶(やつ)れ果ててしまっていた。

火葬の前日、父の遺体は当時暮らしていた実家に安置されていた。

殯(もがり)の夜を過ごす遺族を慰めるため、父の親族が弔問に訪れた。

少し遅れて母の遺族も集まってきた。

「この度は――」

この度は、の後に続く言葉を誰もうまくは継げなかった。何が父を死に走らせたのか、遺族にも親族にも分からない。皆、彼岸に去った故人によって此岸に置き去りにされてしまったということ以外、何も分からないからだ。

遠い昔の結婚式以来か、それとも親族の法事か、そんな必要でもなければ両親の親族が一堂に顔を合わせる機会もない。親族はそれぞれに挨拶を交わし、父の生前の思い出話を誰ともなく話した。

滅多に会わない親戚達の間に入っても話題に付いていけないので、碧尾さんは自室に籠もっていたのだが、親戚の誰かが自分を呼び立てた。

「たっちゃん、ちょっとおいで」

誰の筋の親戚だったか忘れたが、父方の叔母と思しき親族が碧尾さんを棺の前に招いた。

「明日になったら、お父さん火葬されちゃうから。お骨になっちゃったら、もうお父さんに会えなくなっちゃうから。たっちゃんもお父さんの顔を忘れないように、今のうちにちゃんと見とくんだよ」

お線香を上げなさいね、と言われて、叔母と入れ替わりに父の棺の前に腰を下ろした。

棺の窓を開けようと手を伸ばしたとき——。

「……くそっ！」

小さく、しかしはっきりと悪態を吐き捨てる声が聞こえた。

生前の父の口癖だった。

それは家族も親族も誰にも聞こえず、唯一人、碧尾さんにしか聞こえていなかった。

「大して意味のある言葉でも何でもないんですけど、僕にだけっていうのが何か、ちょっと嬉しかったんですよね」

あれから十年以上が過ぎた。墓参りにはあまり行けていない。

トンボ

一眞君が中学一年のとき、彼の父が亡くなった。

葬儀を終え、家の中から父の気配のようなものが消え、家族の喪失感が和らぎ始めたくらいの頃のこと。

部屋でぼうっとしていると、不意に視線を感じた気がした。

ふと窓の外を見ると、トンボが浮いていた。

トンボは空中のある一点に静止している。

ホバリングしながら、部屋の中を覗いている。

風が吹いても動かず、猫に睨まれても動かず。

何処に止まるでもなく、相当長い時間そうやって宙に留まり続け、室内を——つまりは一眞君を見つめていた。


その翌日もトンボは現れた。

やはり一眞君を見ている。宙を飛びながら、ただジッと見守っている。

自転車を漕いでいると、トンボが追いかけてきた。

信号待ちで止まるとトンボも止まる。

トンボは自転車の前カゴにわざわざ入ってきた。

自転車が動き出すと、また距離を置いて付かず離れず飛びながら追いすがってくる。

何故こんなにもトンボに付きまとわれるんだろう、と首を傾げた一眞君は、生前の父の口癖を思いだした。

「一眞、俺が死んだらオバケになって出てきてやるからな」

親父……オバケになるんじゃなかったのかよ。

まさか、オバケになる間もなく、トンボに生まれ変わってしまったのではあるまいな。

トンボによる付きまとい（ストーキング）は、それから数日に及んで続いた。

法要写真

昭和の終わり頃だったか平成の頭頃だったか。

木栖さんの親族何人かの法事が重なった年があった。

お爺さん、お婆さん、大叔父さん、親戚の何々さん、等々。

それで、別々にやってその都度何度も集まるのは大変だからということで、まとめて御先祖様全てに対しての大法要という形を取ることになった。

久々に本家に親族一同が勢揃いするに当たって、木栖さんの叔父さんは張り切っていた。

「まあ、葬式か何かでもなきゃ親族全員が顔を合わせる機会なんてないが、俺達もぼちぼちいい歳だからな。これだけ顔ぶれが揃うことは、この先そうそうないだろうから、記録を残しておかないと」

そう言って、カメラを持ってきて張り切って写真を撮った。

スマホとか携帯電話とかデジカメとか、そういうデジタルな撮影機器が普及する以前のことであるので、カメラはもちろんフィルムカメラである。

叔父さんはとにかくシャッターを切りまくった。

法要の様子だの、読経を上げる坊さんだの、孫や甥姪だの、親族の集合写真だのを撮りまくった挙げ句に、本家の仏壇の写真まで撮り始めた。

「叔父さん、写真撮り過ぎじゃない？」

「何言ってるんだ。こういうのはな、大したことのないもののように思えても、写真に残しておけば後でいい思い出になったりするんだ」

「だからって仏壇ばっかり何枚も撮ってどうするんだよ」

「一枚だけだと失敗してるかもしれないだろ」

フィルムカメラの時代、デジカメと違ってうまく撮影できているかどうかをその場で確かめることはできなかった。現像から戻ってみたら、手ぶれでピンボケになっているかもしれないが、現像するまで分からない。だから、「念のため」と同じ被写体を複数回撮影することは割と普通のことだった。

法事とはいえ、誰かが死んだ直後という慌ただしさもなかったから、終始和やかな雰囲気であった。

後日、叔父さんは先の大法要のときの写真を本家に持ってきた。

何やら暗い顔をしている。

「それがさ……」

そう言って、叔父さんは座卓の上に写真を四枚並べた。

いずれも法要当日に撮影した本家の仏壇である。

何の記録のつもりなのか、全て「扉の閉じた仏壇」の写真だった。

叔父さんが指差す先を見ると、漆塗りの仏壇のつやつやと光る表面に人影が写っていた。

タマネギのように結い上げた豊かな髪。

白い着物に袴を穿いた女の人である。

それが正座をして頭を下げている。

「誰これ」

あの日、親族は全員喪服であったし、坊さんは法衣に袈裟であった。

こんなおめでたい格好の者はいなかったはず。

「それが誰だか分かんないんだよ。仏壇を撮った写真全部に連続して写ってるんだ」

所謂一つの心霊写真である。

正体不明で気味が悪いが、捨てて祟りでもあったらどうしよう。

どうしていいか分からないから本家に持ってきたと言う。本家にとっても迷惑千万な話
だが、おまえが、いやおまえが――と、皆で押しつけ合う騒ぎになった。

「こういうのは専門家に相談すべきだろ」

と相成って、どこぞの巫女さんだか霊能者さんだかに診てもらった。

すると、

「いいお写真ですねえ」

と言われた。

「これは御先祖が大法要に感謝しに来て写ったんだと思います。大事になさい」

捨てる？　燃やす？　とんでもない。むしろ、親戚全員に配って親族一同で拝みなさい。

そう聞くと、今度は何だかありがたいものに思えてくる辺り現金なものなのだが、叔父さんは喜んで仏壇写真を焼き増し、親族一同に配った。


木栖さんの実家には今もそのときの写真が大切に残されている。

どうやら家宝になっている様子である。

杖持番の吾兵

馬飼野君のお婆さんが、まだ尋常小学生だった頃の話。概ね戦前の話と思われる。

当時、祖母の暮らしていた山形県の海沿いの村には、杖持番（じょうもちばん）という制度があった。これが職業だったのか何らかの役職か、それとも当番の類だったのかどうか、そこの所は祖母もよく分からなかったらしい。

仕事の内容としては、村中に何かを知らせなければならないときに、木の板に周知する要件を書き記し、これを杭というか杖に打ち付けたものを掲げて、村中に告げて回る、というものだ。

言うなれば、瓦版とサンドイッチマンと回覧板が混ざったような職掌だろうか。

ネットはおろかテレビもラジオもなく、村内放送などという洒落たものなど当然なく、ともすれば読み書きが怪しい村民すらいた時代である。

文字を書けて、読めて、その上でそれを知らせて回る役どころというのは、村内では相応に重要なものだったのでは、と思われた。

当代の杖持番は吾兵という腰の曲がった爺さんであった。村長やお国からのお知らせだの、誰それが死んだから葬式の支度をしろだの、要するに官報を触れて回るようなもので、当人も相応のプライドを持って職務をこなしているつもりのようだった。

小糠(こぬか)雨の降るある日の夕方のこと。

馬飼野君の祖母は、歳の近い子供と学校の校庭で遊んだ帰りに家路を急いでいた。

道の向こうから杖持番の吾兵がひょこひょこと歩いてきた。

海の広がる前浜から、山側に向かって伸びる舗装もされていないような粗末な道を、丁度左に折れていくところだった。

「今日は何のお知らせだろ」

吾兵はいつもの板きれを担いでいたので、また杖持番の仕事の途中なのだろうと思ったが、何も叫んでいない。

普段なら、喉を嗄(か)らしてけたたましく叫びながら、お触れだ知らせだ大変だと騒いでいるので、近寄らずとも言わんとすることが聞こえてくる。

しかし、このときは距離があったせいか、板きれに書かれた文字も見えなかった。

もしかしたら、もう一通り知らせ終わって帰るところなのかもしれない。

このとき彼女はほんの一瞬躓いて、吾兵から視線を外した。

おっと、と堪(こら)えて顔を上げたとき、吾兵の姿はもう見えなくなっていた。曲がり角も含めて遮蔽物のない通りである。腰の曲がった爺さんが視界から消えるには、少々早すぎる。

帰宅後、母に「今日は吾兵爺ちゃん来てた?」と訊ねてみたが、「来てないよ」と一蹴された。

翌日は、朝から杖持番が村中各戸を駆け回って、急ぎの知らせを触れ回っていた。

「あらあら、それは大変」

戸口を叩く音で応対した母が、杖持番からの知らせに驚いていた。

この日の杖持番は吾兵ではなかった。

次からは別の者が杖持番をするから、という引き継ぎも兼ねた知らせのようだ。

「吾兵爺さん、亡くなったんだって。このところ、ずっと悪くしてたんだけど、昨日の夕方頃に死んじゃったんだってよ。お通夜の手伝い行かなくちゃ」

母は慌ただしく立ち上がった。

前日、あの小糠雨の中で見た吾兵が、死霊だったのか生霊だったのか、戦後数十年過ぎた今も、祖母には分かりかねるとのことだった。

ここかな？

それは彼女がまだ高校生だった頃の話。

彼女の家は徳島の田舎にあった。

古い建物で、風呂が母屋にない。風呂場は同じ敷地の中にある、母屋から少し離れた別棟の建屋にあった。

これは自宅に居ながらにして小振りの銭湯に行くようなもので、風呂の支度をして母屋からサンダルを履いて屋外に出る。

風呂に入る時間は大抵日が落ちてからだったが、風呂に辿り着くまでは母屋から漏れる僅かな明かりしかなく、慣れていても夜の薄暗がりに建つ風呂は少し怖かった。

ともあれ、洗い場に入って明かりを点けてしまえば普通の風呂である。

この日は今年一番の暑さだった。だから、一番湯を被って全身の汗を流し、まずはゆっくり湯に浸かりたかった。

その後、髪と身体を洗うため洗い場に出る。

と、そのとき。

「ねえ」

風呂の外から声が聞こえた。
四、五歳くらいの、少し舌足らずな幼い子供の声である。
「この家かなあ？」

時間は夜の八時を少し回った頃。

何しろ、この近辺は本当に田舎だったので、周囲には何もなかった。

子供が夜遊びするような場所、子供の足だけで行けるような夜の習い事や塾。街中とは違うのだ。そんなものは何処にもない。
四、五歳ほどの幼い子供を連れて夜道を歩く親がいるとは思えず、まして、子供だけで夜に出歩くなど到底考えられない。
そもそも、この近辺に幼い子供は殆どいない。

まったくいないわけではないが、過疎化が進んで子供をあまり見かけないので、近隣では皆顔見知りである。声の一つも聞けば、誰の、何処の子か分かるくらいに人付き合いが濃密な土地である。

だが、聞こえた声に心当たりがない。

じゃあ、余所（よそ）の集落の子？　余所から遊びに来た子とか？

それにしたって子供だけということはあるまい。

「ここじゃないんじゃ、ないかなあ」

もう一人、別の子供の声がした。やはり、知らない声である。

改めて耳を澄ませてみると、風呂場の外には他にももう何人かいるようだ。

さわさわと漏れ聞こえる声は、同じくらいの年頃の小さな子供。

「ここかなあ」

「違うよ。ここじゃない」

「えっ、そうかなあ」

「こっちじゃなくてさあ、前の家じゃない？」

「そうかなあ。ここじゃないのかなあ」

いずれも子供の声である。全部で五、六人ほどだろうか。この辺りに、こんなに子供はいないはずなのだ。

子供達は何処かを訪ねるために家を探して迷っているようで、ひそひそ話し合っている。

よほど、窓から声の一つも掛けようかと思った。

しかし、子供相手とはいえ、こちらは入浴中である。

子供のほうだって、裸の女子高生に突然声を掛けられたら驚くだろうし、失礼かもしれないし。

そう逡巡した。

そして何故か、声を掛けてはいけないのではないかという気もしていた。

むしろ、彼らの声が自分には聞こえていることを、彼らに気付かれてはいけないようにすら思えてきていた。

なので、声を押し殺し、湯を揺らす音一つ立てないように堪えた。

そのうちに、ぱったりと声が途絶えた。

それまでさわさわしていた気配も消えた。草生(くさむ)した周囲の草木を掻き分ける足音のようなものは微塵も聞こえなかったのに、急に誰もいなくなってしまった。

彼女は不意に恐ろしくなった。

慌てて身体と頭を洗い、カラスの行水宜しく風呂から上がる。

風呂の建屋の外を窺い、誰もいないことを確かめ、それから足早に母屋に逃げこんだ。

そして、彼女は母に訊ねた。

「今、何処の子が来とったん?」

「ナニて?」

「だから、今、知らない子供が、お風呂のすぐ外まで来てん」

母は不思議そうな顔をして、首を捻った。

「誰も来とらんよ。もう九時近いやん。こんな時間に小さい子が外に出させてもらえるわけないやろ」

じゃあ、やっぱり聞き違いかなあ。

その割に、言葉ははっきり聞き取れたんだけどなあ。

翌朝、目覚めると家中がばたばたしていた。

「何、お母さん、何かあったたん？」

「大変よ、アンタ。前のおばあちゃん、昨夜、亡くなったんやって！」

屋根の上の

昭和の中盤頃の話。

当時、高松家の集落は平屋ばかりだった。

その時代、都市化が始まる前の地方は大体そんな感じで、わざわざ上に建て増すよりは、平面方向に部屋を繋げた平屋が一般的だった。

そんな折、近所の渡辺家が建て替えて、二階建てになった。

町内でも二階建ての家は、まだ渡辺家だけというくらいには珍しかった。


ある日、渡辺家のおかみさんが、血相変えてやってきた。

「たいへん！　高松さん、たいへん！」

随分動転しているようで、しどろもどろで要領を得ない。

「奥さん、落ち着いて！　どうしたの！」

茶を勧めて落ち着かせようとするのだが、渡辺さんは構わず捲くし立てる。

「今、二階で布団干してたのよ！　そしたら、余所んちの屋根の上を変なのが飛び跳ねてるのが見えて！」

先にも触れたように、この界隈で二階建ての家は渡辺家のみである。

余所の家の屋根の上を見晴らせる場所は渡辺家の二階しかない。

「ちょっと待って。何が跳ねてたんだって？」

「ええと……猿？　いや、猿じゃないかも。でも猿っぽい……何というか、毛むくじゃらで、人っぽくはないんだけど……うーんよく分からない。でも獣っぽい何か変な感じの」

まったく要領を得ない。

屋根の上に動物がいたということなら、確かに珍しくはあるかもしれないがそこまで動転するようなことだろうか。

「山からお猿が下りてきたのかしらね」

「でも、着物着てたのよ。白装束の。それで、顔は人っぽくない」

「服を着てたんなら人でしょう？」

渡辺さんは、違う違うと頭を振った。

顔だけではなく、動きも人のそれを超越していた。

人のそれを越えた跳躍力は確かに獣のようであった。屋根から屋根へ伝いながら、膂力の限りを尽くして手足で踊るように跳ね回っていたという。

「絶対にあれは人にできるような動きじゃなかった」

渡辺さんはそう言って譲らず、冷めかけた茶をグッと一気に干した。

「……ねえ、それは今も飛び跳ねてるの？　渡辺さんち二階に上がったら見られる？」

「私が見てるうちに降りちゃったよ。まあ、だからこうして私も跳んでこれたんだけど」

「それ、何処の辺りで降りたの」

渡辺さんは脳内の記憶と方向を照らし合わせて、言った。

「多分、酒匂さんちだわね」

翌日、高松さんと渡辺さんは、酒匂家に駆り出された。

葬式が出たので、手伝いを頼みたいとのことだった。

＊　＊　＊

十年ほど前の話。

本庄君のお母さんは、市内の病院に勤めている。

「今日はちょっと半端な時間に上がりになるんで、病院まで迎えに来てくれない？」

本庄君は「いいよ」と返事をした。

夜、零時を回ったくらいの時間に車を出し、病院へ向かう。

車を駐めて病院を見上げたとき、屋根の上に人影が見えた。

〈誰だろ。こんな夜中に〉

病院は低い建物で屋上はない。

診療室の上に張り出した切妻屋根の上に立つ人影は、病院の職員の誰かなのか、それとも入院患者なのか判然としない。

だが、その人影は屋根の上で踊っているのだった。

両腕を激しく振り回しているので踊っているのだと思ったが、ラジオ体操の両腕を振る運動をしているようにも見える。

体操かどうかは判然としないが、とにかく人影は屋根の上で踊っている。

屋根の上に出る出入り口はなく、梯子を掛けるスペースも見当たらず、足場を組んで何か高所作業をするには遅い時間であり、まして病院の屋根で踊る理由が思い当たらない。

自分が納得できる理由を色々考えてはみたものの、深入りすると面倒なことになりそうだったので、母を車に乗せてそのまま家に帰った。

もう、いいかい

子供の遊びと言えば、誰でもすぐに一つや二つは思いつく。

かごめであったり、かくれんぼであったり、とおりゃんせであったり。

幼児のうちから誰ともなく遊ぶようになる。大抵は、近所にいる一つか二つ年上の幼馴染みから教わったり、或いは保育園や幼稚園のお遊戯の一環として教わったり。

誰でも知っていて、誰でもすぐに交じることができる、子供の社交術でもある。

「一緒に遊ぼ！」

で、誰とでも仲良くなることができ、遊び友達というごく小さな――恐らく人生で一番最初の、家族以外とのコミュニティができていく。

しかしながら、塙さんはこれらの子供の遊びについて、加わってはいけないと戒められているものが幾つかあった。

例えば、通りゃんせをすると必ず自分が捉えられてしまうから、やってもつまらない。

目隠し鬼は、開始直後に自分めがけて走ってくるので、やってもつまらない。

子捕ろ鬼は、守り切れなかったことがないので、やってもつまらない。

他にも鬼と付く遊びの類では必ず捕まってしまうし、子を攫う遊びでは、必ず攫われてしまう。

要するに、ランダムに誰かが贄になるはずの遊びでは、どういうわけだか必ず塙さんが贄になってしまうのである。

「当時は幼かったので意味も理由もよくは分かっていなかったんですが、親からはとにかく遊んではいけないと」


小学校五年生の春先のこと。

いつも一緒に連れ立って遊ぶ仲の良い友達五人と、他愛ない雑談などをしていた。

そのうち話題も尽き飽きてしまったのか、友達のうちの一人が立ち上がった。

「ねえ、かくれんぼしない？」

塙さん以外の全員が、やろうやろう！　と賛同した。

「だって、ここなら隠れるところいっぱいあるじゃない」

「だよね！　やろうよ！」

子供の遊びは全員一致が原則――というわけでもないのだが、仲間はずれを出したくないという友達の善意が、圧となって塙さんにのし掛かった。

かくれんぼは苦手で。やってもつまらないし。そういう遊びをしてはいけないと家族から止められているし。

やらないための言い訳として、どれを口にしても角が立ちそうだということは、子供ながらに感じとっていた。

何より、ここは神社の境内なのである。

神社の境内で、隠れる遊びなどしても良いものなのか。

困惑しているうちに、押し切られてしまった。

「鬼、決めようよ！」

そうだった。かくれんぼには〈鬼〉がいるのだった。

「ジャンケンするよ！　じゃーん、けーん、ぽん！」

最初に「かくれんぼをしよう」と言い出した子が負けて鬼になった。

「いくよー！　いーち、にーい、さーん、しーい……」

〈鬼〉が数え始めたが、塙さんはあまり長く隠れていたくなかった。

隠れ続けていると隠されてしまう。そう教えられてきたからだ。

できるだけすぐに見つかるようなところに隠れよう。

〈鬼〉が真っ先に気付くような場所ということで、境内でも一際目立つ御神木の後ろに隠れた。隠れたと言っても、〈鬼〉から見て御神木を挟んだ裏側に立つというだけである。〈鬼〉が少しでも移動すればすぐに気付くはずだ。

「……きゅーう、じゅーう！」

数え終わった〈鬼〉が隠れた子供達を探し始めた。

「ミキちゃんみーっけ！」

「マヨちゃんみーっけ！」

「リンちゃんみーっけ！」

塙さん以外の友達は次々に見つかった。

そこそこ見つけにくい場所を選んで巧妙に隠れていたようだが、〈鬼〉は境内を駆け回って次々に友達の名前を挙げていく。

ところが、自分を見つけてはもらえない。

〈鬼〉は境内を駆け回っている。その途中に、御神木の周りをぐるぐる回り、塙さんの目の前を何度も素通りしている。それにも拘わらず、見つけられないらしい。

「ハナちゃーん。どこー？」

わざと見つけられない振りでもしているのかと疑いたくなるほどだった。

もしくは、本当に〈鬼〉から自分が見えていないか。

たまりかねた塙さんは、こちらから出ていこうとした。

そのとき、不意に左肩がズシッと重くなった。

手だった。

背後から伸びた手が、がっしりと左肩を掴んでいる。

「ひっ」

右肩にも手が乗った。

両肩を両手で掴まれ、そのまま御神木の木肌に押しつけられる。

幹の直径だけで一メートル以上はあろうかという御神木は、人間が両側から腕を回せるほど細くない。

そして、自分と御神木の間には何もない。誰もいない。

だのに自分の両肩は御神木から生えているとしか思えない両手によって、木肌に縫い付けられている。

たすけて——。

そう叫ぼうとした。だが、それは声にならない。

代わりに、耳元で声が聞こえた。

〈まあだだよ……まあだだよ……〉

聞き覚えのない、若い男の声だった。

「ダメだあ。ハナちゃん、全然見つからない」

「隠れるのうまいよね」

友達は、まだ塙さんを見つけられない。

口々に、隠れ上手を褒めちぎってくれているのだが、そうではないのだ。

今は一刻も早く見つけてほしいのだ。

しかし、一向に見つけることはできないでいるらしい。

「ほんとにね。何処隠れたんだろ」

「ハナちゃん！　降参！　もう私の負けでいいから、出てきてよ！」

〈鬼〉が遂に根負けして投了した。

その言葉が聞こえた途端、肩を押さえつけていた重みが消えた。

両肩を掴んでいた手が不意になくなって、塙さんは勢い余って反動で前につんのめった。

「わっ。ハナちゃんそんなとこにいたの？　何度も探したのに全然気付かなかったよ！」

塙さんはふらふらと立ち上がり、振り返った。

御神木には何の変哲もなく、木肌にもその周囲にも、誰かが身を隠せるような場所はなかった。

〈かくれんぼはしてはいけない〉

〈鬼から隠れてはいけない。鬼から逃げてはいけない〉

〈鬼に追われる遊びをしてはいけない〉

ああ、そういうことか。

このとき漸く、家族に言い含められてきた禁忌の真意が分かったような気がした。

子供の遊びは、異界へ連れ去ることを仄めかすものが多い。

それ故、子供の遊びの多くが禁忌になっていたのだと思われた。


ちなみに、特に家族から厳しく戒められていたのが、かごめ。

常世とあの世の間で戯れる子供の遊びは、不用意に異界に通じてしまうから避けねばならないのだが、「籠目（かごめ）」は審神者（サニワ）の切っ掛けになる可能性があるから決してやってはいけない、と言われてきた。

審神者とは、神または霊の声を聞く、神託を受ける、神意を伝えるなど、神道に於いて巫女のような役割を担う者を指す。

代々続く巫女の家系の末裔として、塙さんは今もその言いつけを守っている。

犀川君ち

加奈さんは、とある大学の人文系学部で教鞭(きょうべん)を執られている。

分野柄、在野に分け入って調査する、膝を詰めて信頼を得るなどのコミュニケーション能力が求められるのだが、それもあってか相手の気持ちをほぐしていく潤滑剤として、しばしば酒盛りが推奨されている。

別に厳密には飲酒が推奨されている訳ではないのだが、一緒に飲むとやはり気易い関係になれるので、調査やミーティングが色々進めやすくなる。

と、そういう口実もあって学生や教員が酌み交わす機会が多いのだが、彼女の勤める研究室に入ってきた、犀川(さいかわ)君という学生の部屋で飲んでいたときの話。

犀川君の生家では、お祖母様の薫陶もあってある強い決まり事がある。

「簡単なことです。我が家では、〈外で戴いた食べ物を持ち帰ったときは、まず仏壇に上げる。必ず仏壇に一度供えてから食べる〉って、これだけ」

食べ物を仏壇に供える風習は際だって珍しいものではない。

核家族や独身世帯などなど細々した分家が増え、根強い信仰が薄らいだこともあってか、昨今では自宅に仏壇がない家も増えた。故に、この風習を知らない人も今では多くなっているのかもしれないが、さして特殊な風習ではない。

訪問客からの手土産であったり旅行土産であったり、お中元やらお歳暮、貰い物の季節の果物、或いは出先で貰ったちょっとしたお菓子の類まで、まず仏壇に供えて御先祖様が戴いてからお下がりを頂戴する、といった具合である。

犀川君が幼い頃からずっと続いている習慣だったので、彼にとってはそれが当たり前だった。

とはいえ、そうした風習が当たり前ではなくなる時期というものはある。

余所の家ではそんなことはしないという、他家との比較で知る自分の家の特殊性。

そして、何より「外で戴いたものを仏壇に上げる」ということは、「誰に何を貰ったのか」について家中が知り得てしまうということでもある。

顔見知りの大人にお菓子を貰ったとか、友達が分けてくれた飴玉を後で食べようと思って持ち帰ったとか、そういう出所を問われてもどうということのないものはいい。

だが、思春期まっただ中の犀川君に、家族に知られたくない頂き物を貰う機会が訪れた。

バレンタインである。

義理だったのか本命だったのかは分からないが、気になる女子が自分のために特別なチョコレートを仕立てて贈ってくれた。

食べるのが惜しくて家まで持ち帰ってしまったが、そこで気付いた。

〈外で戴いたものは、必ず仏壇に上げてから〉

という我が家の鉄の掟である。

仏壇に上げれば、「その包みの中身は何だ」「誰から貰ったんだ」と家族に詮索されてしまう。如何せん思春期なりの気恥ずかしさが勝った犀川君は、家族に気付かれないようにするため、禁を破ってチョコレートを仏壇に供えず見つからないように黙って食べてしまった。

翌日、お祖母様が言った。

「おまえ、仏壇に供えずにチョコレートを食べたろう」

犀川君はドキッとした。

鞄から出さずに部屋まで持ち帰ったし、家族に気付かれないように食べた。

それほど強い匂いのする食べ物ではないし、包装紙は全て見つからないように処分したし、証拠隠滅は完璧であるはずだ。

素知らぬ顔をしようとしたところに、お祖母様が追い打ちを掛けた。

「男の子が夢に出てな。『何で僕はチョコレートを食べられないの?』って泣いてる。可哀想だろ。おまえが戴いたものは、ちゃんと供えて分けておやり」

「祖母は何と言いますか、色々夢に出る人なんですよね。夢で言い当てるというか」

お祖母様の話など聞かされていたのだが、加奈さんは先程からそれよりも気になっていることがあった。

「犀川君さ、お姉さんがいるんだよね」

「いますね。上に姉が二人います。僕は三人目で長男」

それは以前にも聞いている。

確か、女、女ときて「待望の長男」であるらしい。

「変なこと聞くけど、もし違ったら聞き流してね。もしかしたら、本当は長男じゃなかったりする?」

犀川君は少しだけ目を見開いて答えた。

「その通りです。僕、次男です」

上にお兄さんがいる。いや、いた——という。

「僕より前に兄がいたそうなんですが、僕が生まれる前に亡くなってます」

「そのお兄さん、生きてたら私と大体同じくらいの歳でしょう？」

加奈さんより一、二歳ほど下だという犀川君のお兄さんは、夭折（ようせつ）している。

亡くなったのは、恐らく小学校の低学年くらいかそれより若いか、といった頃だろう。

「あれっ。何故分かるんですか？」

「今、ここに来てる」

バレンタインの話辺りからずっと、小さな男の子が室内をうろうろしているのである。

その面差しはどことなく犀川君に似ているが、血を分けた兄弟とてまったく同じという
ことでもないから、「何処か似ているけど、やっぱり別の人」の域は出ない。

が、係累であろうことは加奈さんにもすぐ分かる程度には似ている。

「えっ、どこどこ？」

犀川君は辺りを見回した。

男の子は彼の周囲をうろうろしているが、犀川君の視界にはどうしても入れない。

「僕、霊感とかないから分からないんですよね、こういうの」

「いやいや、君は霊感あるでしょ。だって、お兄さん呼んじゃってるし」

「いえ、見えてませんので！　見えてないから霊感はない！」

犀川君の昔のアルバムなどを見せてもらった。

そこにお兄さんの写真はなく、犀川君が写ったものが並んでいるのだが、ところどころ〈犀川君なのに犀川君じゃない写真〉が混じっていた。

「これは？」

「僕っす」

「こっちは？」

「これも僕っすね」

加奈さんは首を捻った。

同じ場所、同じシチュエーションで撮られた写真で、どちらも同じように犀川君なのに、別人であるように見えるのである。

これは今でもそうで、大学で見かけたりフィールドワークに出かけたりするとき、確かに見知った犀川君であることは違いないはずなのに、別人に見えることがある。それも、「顔の造作は同じはずだが、犀川君ではない気がする」というレベルの相違である。

集合写真ともなると、名札やゼッケンがないものではもはや見つけられない。

「これが俺です」と言われて見た人物は、確かに犀川君なのだがやはり別人っぽい。

「今までずっと気になってたんだけど、もしかして犀川君のお兄さんって、これまでもずっと頻繁に来てたんじゃないの？」

そういう折に、犀川君とお兄さんが重なって写る。

そうすると、「同じだけど別人」に見えてくるのでは、と。

若干突拍子もない話かとは思ったが、犀川君は膝を打った。

「ああ、なるほど！　それなら僕も合点がいきます。だって、先生もときどき先生じゃないですよね」

犀川君が言うに、加奈さんも同様に「同じ人物なんだけど別の誰かに見える」ことがあって、それでずっと違和感を憶えていたのだそうだ。

そしてその指摘通り、加奈さんには死別早逝した兄弟がいる。

「やっぱり見えてるんじゃない？」

「見えてませんって！」

それから犀川君の周囲に小学生くらいの男の子が現れるようになった。

犀川君とよく似た顔の少年であるという。

そういう血筋

その日、高津さんはお母さん、娘さん、御友人の四人を乗せて、横須賀市内を走っていた。ＪＲの高架下を通り街中に向かう途中辺りに、大きな十字路がある。

と、そこを通りかかった折、娘さんが車窓の外を指差した。

「あ」

何か珍しいものでも？

と、釣られて高津さんも娘さんの指す方向を見る。

十字路の真ん中に、郵便局員が配達で使うようなレトロな自転車が見えた。

「あ、自転車」

と思わず口を衝いて出た。

「え？　角刈りのお爺さんの上半身でしょ？」

と友人。

「おじいちゃんだよ！」

と、これは娘さん。

えっ、そんなのいた？　自転車でしょ？

高津さんのお母さんは孫娘の指差すほうを一瞥して、

「両方でしょ。自転車とお爺さん」

と、言う。別のものを見ていたんだろうか、と思ったのだが、そういうことではなく全員が別々の「見え方」をしていたらしい。

「へ、へぇー。お爺ちゃんとかいるんだ」

どうやら老人が見えなかったのは高津さんだけだったらしい。

娘さんは言った。

「ママ、あのおじいちゃん、前からいつもあそこにいるよ？」

「え、うそ。何百回と通ってたけど、全然気付かなかった」

お母さんが言葉を継いだ。

「地縛（じばく）ってるのよ。だってあの自転車とお爺さん、お母さんが子供の頃からずっとあそこにいるもの」

能力は正しく遺伝している。

さらざんまい

昭和の中頃くらいの話。

著者は生まれも育ちも静岡だが、父方の本家一族は名古屋の出身である。

確か、名古屋辺りに領地を持つ大名家の家老の傍系の末裔である——と、一族の家系史を調べている従兄弟がそう言っていた。

父方の祖父は著者が幼い頃に亡くなっているので殆ど面識も記憶もないのだが、前述の歳の離れた従兄弟は名古屋市に住んでいたこの祖父に随分可愛がられていた。

「黒門町のお爺さんにはよく遊んでもうたんよ。言っても、散歩とかそんなんやけどな」

名古屋市東区黒門町にあった本家邸宅の裏手辺りに、そこそこ大きな公園があった。

「そこ、昔は泳げるほど大きな池があったんよ」

従兄弟の記憶と現存する情報を摺り合わせてみたが、恐らく東区徳川町の徳川園のことだろうと思われる。昔と言わず、池は現存している。

死んだ祖父は、その公園に行くたびに「ここで河童を見た」と言った。

また、従兄弟は同じく名古屋市千種区にある覚王山日泰寺にも、よく連れていかれたそうなのだが、祖父はそこでも「ここで河童を見た。何度も見た」と、それこそ何度となく真剣に語った。

　徳川園のほうは河童が潜んでいそうな池が現存しているので目撃譚としては分からないでもないのだが、覚王山日泰寺のほうは現在の地図で見る限りは池も沼も川の一つたりとも近場に見当たらない。その点、河童の目撃譚というのは些か不釣り合いであるように感じられた。

　が、調べてみると日泰寺の近くに「姫池通」または「姫ヶ池」という地名があった。聞けば、日泰寺の山門を入って左手、今は無料駐車場となっている辺りに、かつてはその「姫ヶ池（または放生池）」が実在していたらしい。

　この地にあった末森城という城が今川勢に攻め落とされたとき、城の女達がこの池に身を投じて死んだため、姫ヶ池という名が付いたという、戦国の舞台にふさわしい血生臭い伝説がある。そういう背景があるならば、池から〈ざんばら髪の何か〉が現れたとしても、違和感はない。

　祖父は戦前戦中と地元の高校の教頭を勤めていた知識人かつ、武家の末裔ということで、地方の名士として一目置かれており、とても迷妄な噂話などしない堅物であったと聞く。

「君は小さくて憶えてないかもしらんけど、あのお爺さんはマジメな人やったから、やくたいもない話はまったくせんかった。でも、河童の話だけはホント何度もしてはったわ」

＊　＊　＊

四半世紀くらい前、平成の初め頃の話。

郁末さんと祖母と母の三人で、春の京都御所開放バスツアーに出かけたことがあった。

女家族三人だけで出かけることもなかなかないので、母親孝行祖母孝行のつもりで御所やら寺やら神社やらの寺社仏閣を観光して回った。

バスに乗って降りてを繰り返して、京都市内やその周辺の有名な寺社をあちこち見て回ったのだが、左京区大原の寂光院でそれは始まった。

寂光院の敷地に足を踏み入れた途端、厭な気分になった。

視界が揺らぎ、足下がふらつき、そして無性に苛つく。

(ああ……これはダメな場所だったか)

人酔いとはまた別なのだが、郁末さんは時折こうしたスポットで体調を大きく崩すことがあった。

だが、これが初めてというわけでもないので、対処法も慣れている。

独特な呼吸法で鎮めるのだという。

口から、鼻から息を吸うのではなく、足裏から空気を吸うイメージ。

足から吸い込んだ空気を、丹田の辺りに溜めるような気持ちで深呼吸する。

これを繰り返せば、落ち着いてくるはず。

祖母と母に気を使わせないようにと心がけるうち、気持ちと体調が何とか鎮まってきた。

境内で写真を撮ったり、土産を冷やかしたりしてバスに戻る。

座席に座ったところで、郁未さんは気付いた。

自分、母、祖母。それにバスツアーの人々。運転手。ガイド。

一緒に移動してきた人々よりも、人の気配が多い。というか、増えている。

バスツアーはほぼ満席だったはずだが、その座席数より人が多い。ような気がする。

――もしやこれは、憑いてきた？

拾ったとすれば、今し方降りた寂光院が怪しいのだが、車内には何も見当たらない。

それから暫く走った頃、後ろの席の家族連れから歓声が上がった。

「ママ、見て！」

子供達が窓の外を指差して興奮気味に叫んでいる。

「ほらあそこ！　河童がいる！」

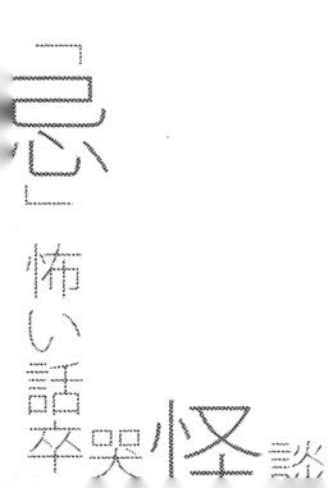

「あっちも見て！　女の人が走ってるよ！」

気配は確かにあったのだが、なるほどバスの車内にいないはずだ。

窓の外を見ると、子供達が言うように確かに女がバスに追従して走っていた。

このときバスは海沿いの道路を走行していたが、何かが海の上をきらきら跳ねているのが見えた。それが河童だったかどうかは分からないが、子供達は「河童だよ！　河童！だって皿が」と興奮していた。だから彼らには河童のように見えたのだろう。

祖母と母は、「郁ちゃん、また今回は随分たくさん連れて帰ってきたねえ」と笑った。

色々、日常茶飯事である。

＊　＊　＊

二十一世紀に入ってからの話。

ある冬の夕方頃のこと。三重県のお住まいの中川さんは、高校生の娘さんを学校まで車で迎えに行った。

娘を乗せて自宅へ急ぐ道すがら、ある橋の袂を通りがかった。

娘は突然、目を剥いて叫んだ。

「河童がいてる！」

お母さん、見て！　あそこ見て！　車停めて！　あそこ、ほらあそこ！　あそこ！

娘の説明は要領を得ない。

「河童よ、河童。頭にお皿載せてる！　緑色してる！　顔が緑！」

咄嗟のことで脇見もできず、車を停めるところも見当たらなかったので確かめることはできなかった。

「バカ言わないでよ！」

中川さんは娘を叱りつけ、走り抜けた。

娘は「見間違いじゃない。絶対に河童だった」と、このときの話だけは絶対に譲らない。

ただ、叱ってはみたものの気にはなっていて、それ以降、川には近付かないようにしている。

＊　＊　＊

……まだいるんですね。河童。

のような何か

この日、本村君は暇だった。

宿題をするでもない、漫画は読み尽くした、ゲームをする気も起きない。

手持ち無沙汰だが、特にすることもない。

要するに暇だったので、自分の部屋でベッドの上に寝転がり、天井の白いパネルをぼんやり見上げていた。

見つめているうち、天井の一部がもこもこと蠢動(しゅんどう)し始めた。

リラックスしていたせいなのか、リラックスしすぎていたからなのか、そのことに特に驚きはなかった。ただ、

〈ああ、天井が動いてるなあ〉

としか思わなかった。

そのまま眺めていると、もこもこした動きに合わせてオレンジ色の何かが現れた。

天井のぬめった動きの中から出てきた、といったほうがより正確かもしれない。

それをよくよく観察すると、大きめの蜘蛛に似ていた。

蜘蛛と言えば蠅取り蜘蛛でも女郎蜘蛛でも、本村君がよく知る蜘蛛の類は大抵黒っぽいものだったと思う。色が入っていたとしてもワンポイントの柄か斑程度だ。が、それは全体がオレンジ色をしていた。

外国の蜘蛛には詳しくないが、それでも全身がオレンジ色の蜘蛛なんかいただろうか。

ぼんやりそんな考察を重ねていると、オレンジ色の蜘蛛のようなものが動き始めた。

最初、天井に張り付いていたが、それはゆっくりと自分のベッドのほうに向かって降りてくるようだった。

蜘蛛が糸を伸ばしながら移動してくる様に似て見えたが、糸そのものが見えない。よほど細いのか、それとも糸などそもそも吐いていなかったのかもしれない。蜘蛛のように見えるものが、ゆっくり下降しているから、糸が出ているはずだと思い込んでいただけかもしれない。

〈ああ、蜘蛛だなあ〉

それが降りてくる間、特にそれ以上の疑問も持たず、やはりぼんやりと眺めていた。

ベッドにまで降りてきた、その蜘蛛――いや、蜘蛛のように見えるオレンジ色の何かは、大きさが変わっていた。

最初、幾ら大きくても手のひらには載るくらいだろうと思えていたその体躯は、大きめの座布団ほどになっていた。途中で膨張したのか。それとも、天井にあったから小さく見えたのか。

しかし座布団ほどもある大きなものが、たかだか二メートルもない天井にあったからといって、握りこぶし一つほどの小ささと見間違うなんてことがあり得るだろうか。

座布団よりも大きなオレンジ色の蜘蛛のような多脚の何か。

そいつは、這いずりながら本村君の顔に覆い被さってきた。

このときになって漸く自分に起きていることの異常さに対して、正しい認識と正しい防衛反応が働いた。

本村君は叫び声を上げて身体を振り回し、その蜘蛛のような何かを振り払おうとした。

しかし、大声で叫んだつもりなのに〈ううう〉という呻き声しか出ない。思い切ってのたうったつもりの身体はぴくりとも動かなかった。

突然戻った正気は、同時に麻痺していた恐怖をも蘇らせた。

恐ろしさの余り涙が出てきた。

本村君の怯えなど、蜘蛛のような何かは一切気に掛けてはいなかった。

そいつは本村君の目、耳、口の中に、脚……のような何かを突き立ててきた。

怯えの一線を越えた、というか、このとき彼の抵抗が奴の威圧に勝った。

本村君は雄叫（おたけ）びを上げながら、身体を跳ね起こした。

それまで顔を覆っていた、あのオレンジ色の蜘蛛のような何かは撥ね飛ばされたのかいなくなっていた。

自分の手足、ベッドの上、部屋の床、反対側の壁、あの気味の悪いオレンジ色の何かの姿を探したが、そんなものは何処にもなかった。

つまりこれは、夢だったのだ。

うとうとしていて、白日夢を見ていたのだ。

安堵と同時に大量の汗が全身を濡らしていた。

汗を拭い、ベッドから下りようとしたとき、それに気付いた。

オレンジ色の。多脚の。蜘蛛、のような何か。

そいつは、まだいた。

ベッドの隅に蹲（うずくま）っていた。

座布団どころか、天井のもこもこから湧き出てきたときよりも大分小さくなっている。

それでも、直前まで自分を襲っていたものだという確信はあった。

だって、あんなオレンジ色の生物、他に見たことない。忘れようがない。

慎重に近付いてみると、そいつはまだ少しだけ動いていた。本村君の口に脚を突っ込んできたときの俊敏さはもうなく、死にかけているようにも見えた。

そしてそれは、薄くなり始めていた。

生物の中には死ぬと体表面の色が抜けて薄くなるものがいる。ある種の海洋生物などにもそういったものがいたかもしれない。

だが、蜘蛛のような昆虫でそんな変化をするものなど聞いたことがない。

まして、そいつは色が薄くなっているのではなかった。

うっすらとベッドシーツが透けて見えている。

つまりは現れたときと同様に——いやその逆にというべきか、消えていこうとしているのだ。微かに脚を蠢かせながら、そいつは消え去ろうとしていた。

本村君はこのとき咄嗟にとどめを刺さなければ、と思った。

勝手に消える前に、何とか殺してしまわないといけない気がした。

手のひらで叩き潰してしまおうかと思ったが、何故か「触ってはいけないもの」のように思えて、怯んだ。

そうだ。殺虫剤！

ベッドから飛び降り、階下に走ってゴキブリ用の殺虫剤を引っ掴んで部屋に戻ったが、そのときには完全に消え去ったのか、何処かへ逃げ去ったのかいなくなっていた。

部屋の中を隈無く探したが、死骸らしきものも見つからなかった。

以来、夢にも現実にも一度も現れない。

オレンジ色の、蜘蛛のような多脚の何か。

その条件に合致する蜘蛛、昆虫、生物はなく、結局それが何だったのかは分からない。

本村君は思う。いっそ、殺虫剤など取りに行かず、怯まずに手で潰してしまっていればよかったのかもしれない、と。

そうすれば、もう少し面白い話になっていたかもしれない。

その結果、自分に何が起きるかはさておき。

天井

彼は幼い頃から病弱だった。

少し気を抜くと風邪を引き、しばしば熱を出して寝込んだ。

いつの頃からかは思い出せない。物心付いた頃には既にそうだったのだが、この日も同じことが起きた。

熱で浮かされたぼんやりした頭で、寝かされていた子供部屋の天井を眺めていた。

そこに顔があった。

西洋人のように彫りが深い。

目元は暗く、表情が読み取りにくいのだが、こちらに好意を向けているようには思えない。

睨んでいる、或いは憎んでいる。

父でも母でもない。もちろん、兄弟でもない。家族ではない。

見知らぬ顔がそこにあること以上に奇妙だったのは、その大きさだ。

顔は巨大だった。

顎から頷まで一メートルほどはあった。人知を越えて大きい。

しかも顔だけしかない。手足も身体もない。ただ顔だけが、しかしそれが二つもある。

二つ分の顔が、彼をジッと見つめている。

「どうしたの」

母が具合を看にやってきた。

恐怖のせいか熱のせいか、身体が動かない。

母は、こちらに視線を向ける顔にはまるで気付かない。

そして母が来ようがどうしようが、顔は微動だにしない。

「そこに――」

顔が、という言葉が言葉にならない。

動けないのである。

「ああ、怖い思いをしたのね。大丈夫。大丈夫よ」

そう言って母が彼の額に手のひらを乗せる。

ひやりとした母の手のひらを感じると、顔は漸く消える。

「親に言っても、熱を出したから魘(うな)されてそんな幻覚を見たんだと言われました。……ただ、もしそれが幻覚なんだとして、まったく同じ顔、同じ幻覚を昼でも夜でも確実に見るっていうようなことは、あり得るんですかね?」

と、彼は首を捻る。

だから、彼はこう考えている。

熱を出すから顔を見るのではない。

あの顔が現れたから、自分はその都度熱を出していたのではないか。

大人になってからは見なくなったし、熱も出さなくなった。

ただそれすらも、「大人になったことで、あの顔が現れなくなったから熱が出なくなったのではないのか」と思える。

その顔については、未だ由来も因果も分からないままである。

ふわふわ

最近、眠巣君の視界の隅に、何か白いふわふわもふもふしたものが映るようになった。

そのふわふわを見ようとすると視界の外に逃げていってしまい、まともに視界に捉えることはできない。

彼が今までに見たことがあるもので、一番近いのは「白い猫の尻尾の先」であるという。

もふもふ

夏の始め頃のことだった。

真田さんは、勤め先から自宅へ向かって車を飛ばしていた。

今時分くらいから秋に掛けての徳島は雨が多くなりがちなので、空模様が怪しくならないうちに家まで辿り着きたい。幸いにして今日は明るいうちに職場を出ることができたし、天気が崩れる様子もなく道路の見通しも悪くない。平日の一般道に渋滞らしきものは特になく、ついついアクセルを踏みこみがちになるのを抑えながらひた走る。

自宅まであと一キロほどのところまで差し掛かったとき、まだ辺りが明るかったのはよく憶えている。周囲は開けていて、遮蔽物のようなものもなかった。

道路の右側から、それは躍り出てきた。

「あっ！」

実際には言葉に出すゆとりもなかった。

道路上、視界に飛びこんできたことに気付いたとき、咄嗟にハンドルを切ることもブレーキを踏むことも間に合わなかった。

ステアリングに鈍い衝撃があった。左前輪が何かを乗り越えたような厭な感触がある。

直前の視界に入ったそれは、それほど大きな物体ではなかったとは思う。例えば、人間の子供、というほどに大きくない。猫や犬、でなければ何らかの野生動物くらいの大きさだったのでは、と思う。

だがそれは、奇妙だった。

動物のような気はした。毛皮、と言うべきか、確かな毛並みがあったからだ。

金に近い茶色の毛艶のよい体毛が煌(きら)めいていたように思う。

その体躯は、毛玉のようだった。

毛玉のように見えたのではなく、毛玉そのものだった。

頭も耳も尻尾も、それどころか四本の足すら見えなかったからだ。

文字通り、もふもふした毛深い球体が路上に転がり出てきたといった風だ。

しかし、毛並みの下には蠕動(ぜんどう)する筋肉があったように思えた。それが手足も頭も尻尾もない丸い身体を捻るように動かして、車の前に飛び出したのだ。

「……轢(ひ)いちまった」

それが何であったかに拘わらず、轢き殺してしまったらしいことだけは確かだった。

真田さんは車を路肩に寄せた。

車から降りてみたが、周囲に毛皮を纏った生物の遺骸は見当たらない。

確かに轢き潰したような手応えがあったはずだが、路上には血痕一つない。

車体に衝突痕はなく、タイヤにも死骸を巻き込んだ血痕も毛も脂一つもない。

後日、よく似た妖怪の類がいるらしいことを知ったが、轢いた毛玉の正体がそれと一致するものなのかどうかは分からない。

躾は大事

話題の映画をレイトショーで観た帰り道のこと。

高津さんの自宅の近辺は、長年の宅地開発によって少しずつ山が切り取られている。

美しい自然や景観と、便利な文明の発展とは排他関係にあるようで、久しぶりに訪れたら便利になる代わりに景観も植生も印象も変わってしまって——というのも、珍しくはない話だった。

この夜はすっかり遅くなってしまったので、近道をすることにした。

普段あまり通らない裏道にハンドルを切る。山を切り開いて作った切り通しである。

道路灯も少なく車通りも人通りもない。山の麓には民家がちょろちょろあるくらいで、後は造成途中で資金が尽きて放置されたような山と、キャベツ畑が広がるばかりである。

切り通しを抜ける手前で、道の闇の向こうに光が見えた。

「何かいる！」

夫は慌ててハンドルを切り、ブレーキを踏んだ。

急停車した車の鼻先に、二つの光。

これは幽霊怪異……ではなく、何か動物の類ではあるまいか。

「……あ、狸だ」

やはり。どうやら野生の狸の類であったらしい。

「山を切り拓いてる途中だから、まだ住処を追われてないんだね」

「そうみたい。可愛いね。小さいけど子狸かな」

仔猫ほどの豆狸は道路の真ん中でふるふると立ち尽くしていたが、道路脇の薮の中から親狸と思しき、もう一回り以上大きな狸が二匹現れた。

親狸は、轢かれ損ねた子狸を心配してか、子狸の匂いを嗅ぎ、体毛を舐めて慰めた。

親狸に続いてもう二匹、小さな狸が現れる。

「あっ、見てよ。可愛い！　兄弟かな」

親狸と同じように、轢かれかけた豆狸を気に掛けているようだ。

道路に飛び出した最初の豆狸を、一家総出で慰めるという漫画のような絵面に思わず和みの笑みが零れた。

豆狸の無事を確かめて安堵したのか、親狸二匹が車内の高津さん夫婦に向き直った。

そして、二匹同時に頭を下げた。

後から来た子狸二匹も、親狸に倣って頭を下げた。

最後に、轢かれかけた豆狸がこちらをジッと窺い、親兄弟と同じように頭を下げた。

そして家族達の後を追って反対側の藪の中に消えていった。

「あれは……狸だよね。狸以外の何か、じゃなかったよね。狸でいいんだよね」

「うーん、狸だったね」

「可愛かったね」

「うん」

猛進

高津さんはラッキーだった。

先だって、懸賞で浦安の某ランドの一日入場券が当たったのである。

よく晴れた日曜日の早朝、神奈川県は葉山の自宅から夫と二人で車を飛ばし、某ランドには開場と同時くらいの勢いで飛びこんだ。某ネズミの耳付きキャップを被り、某ネズミや某アヒル、某黄色い熊の着ぐるみに囲まれて朝から晩まで夢の国気分を満喫した。

遊ぶときには全力で！　をモットーとする高津さん夫妻は、それこそ営業時間間際まで精根尽き果てるほどに楽しみ尽くし、惜しみつつも某ランドの後にした頃には完全に夜になっていた。

「できれば日曜日のうちに家まで辿り着きたいね。明日は仕事あるし」

同じく、くたくたになっている夫はそう言ってハンドルを握る。

が、段々口数が少なくなってきた。

ああ、これはまずい。

「眠いんじゃない？　運転代わる？」

「ああ、お願い」

船を漕ぎかけている夫と早めに運転を交替した。

夫は助手席に座ってシートベルトを締めた——と思ったら、早々に鼾を掻き始めた。

楽しく過ごした一日の終わりで事故ってもつまらないし、日が変わってもいいからのんびりいこうか。

高津さんは夫の鼾をBGM代わりに、湾岸道路を走り始めた。

幸い道路は空いていた。

道が空いているとついついアクセルを深めに踏みこみたくなるところだが、今日ばかりは楽しい気分の余韻を楽しみながらゆっくり流していきたかった。

浦安を出てさほども経たない頃、バックミラーに真っ黒いものが映った。

この辺りは街頭や道路灯でかなり明るいのだが、その時点では「何か速そうな真っ黒いもの」としか分からなかった。

「わお、速いな。スポーツカーかな」

かつては、夜な夜な首都高や湾岸でレースまがいのことをする輩がいたが、そういうのは今でもいるんだろうか。

もしくは、昨今話題の煽りの類、だったらやだな。

何しろ高津さん夫妻の車はさして馬力の出るわけでもない、ありふれた国産車である。ナントカ馬力のスポーツカーだの、チューニングした改造車だの、お高い外国製のスーパーカーだのに煽られでもしたら目も当てられない。

高津さんはウィンカーを左に出して、追い越し車線を後続車に譲った。

「さあ、これでさっさと追い抜いて下さいよ、っと」

もう一度バックミラーを覗くと、近付いてくる黒いものの姿がおぼろげに見えてきた。

それは四駆であった。

いや、ＳＵＶとかそういう方面の四駆ではなく、四本足で駆ける獣だった。

耳の横から巨大な角が生えている。

顔から首から背中に掛けて、獅子の鬣（たてがみ）を思わせるような分厚い毛皮がはためいている。

言うなれば、黒い大きな牛、のような。

「……バッファローかな」

いや待って。何で車道走ってんの。

何処から逃げてきたのだろうか。

飼い主、ちょっと何してくれてんの。

一瞬の間に、様々な考えが脳裏を過ぎった。

いやこれ本当にバッファローかな。

野生のバッファローは大きいって聞いたことはある。

あるけど、まさかバッファローって……車を何台も載せて運ぶ二階建て車載トレーラーと同じくらい大きいとは思わなかった。

いや待って。バッファロー、幾ら何でもそこまで大きくない。

そうだ。これは異常なのだ。何かおかしいことが起きているのだ。

何あれ怖い。凄く怖い。

ヤバイ系だ。と、そこで合点した。

合点したからどうなるという訳でもなく、バックミラーに映るバッファローはどんどん近付いてきている。

幸い、奴は追い越し車線をまっすぐ突進していた。

そのとき、前方左側にお台場の観覧車が見えてきた。

「……あー。夜の観覧車って綺麗」

助手席側の車窓の向こう、夫の寝顔越しに観覧車を見たくなった。

いや、「自分は観覧車を見たくなったからそっちを見ているんです」という素振りをして、自分の視点を右から逸らした。

咄嗟にそうしたのは、バッファローが運転席のすぐ右側を追い抜いていったからである。

奴は、追い抜き様にこちらを見ていた。

バッファローはまったくスピードを落とさずにこちらを抜き去っていったが、脇目も振らず猪突猛進していた訳ではなかった。

奴は「自分の姿が見えている誰かがいる」ということに気付いているように思われた。

『見えているのはおまえか。それともおまえか』

差し詰めこんな具合に、追い抜いた車を一台ずつ覗き込んで、確かめていたのではないか――と。

目が合ったら、こちらが向こうの姿が見えているということがバレていたら、もしかしてヤバかったんじゃないのかな、と。

高津さんはアクセルから足を離し、スピードをさらに落とした。

バッファローは高津さん達の車を追い抜いた後、一層加速して遙か前方に走り去ってしまったが、もし前方で事故渋滞など起きていたら。

あのバッファローが素直に渋滞待ちをするようには到底思えなかったが、高津さんは心の底からこう願った。

あいつに追いつきませんように、高速下りた先の一般道で信号待ちしてたりしませんように、ましてや我が家に先回りして待ち伏せなんかされたりしてませんように――。

関わりを持つまいと念じ祈りながら、隣で爆睡したままの夫を乗せて、残りの帰路を急……がずにゆっくり走った。

実にムカつくことに、自宅の駐車場に着いて高津さんに揺り起こされるまで、夫は熟睡していた。

＊　＊　＊

……と、ここまで書いて気付いた。

二〇一八年に上梓した『回向怪談』を読み返してみると、よく似たシチュエーションでよく似た遭遇譚を紹介していた。

これはいかん。ネタの被りか。

「この話、前にも伺いませんでした？　ていうか、前にも首都高で牛追いされてましたよね？　僕、これとほぼ同じ話を書いた記憶があるんですが……。『回向怪談』で書いた『暴走』っていう話が正にバッファロー遭遇譚でしたけど、あれ高津さんでしたよね？」

心配になって高津さんに問い合わせてみたところ、回答があった。

「そういえば前にも見てましたね。今回のは前に見たのとは別口です。別の場所、別の時で、二回目、二頭目ですよ。あ、でも。前と同じ牛だったかもしれません。ってことは遭遇二度目ですね」

バァァアン！

梅雨に入って暫く経った頃のこと。

夏至は過ぎていたが、勤め先での仕事が片付いて職場を出た頃には夕の残照は残っていなかった。

帰宅するため地下鉄に乗った頃には、二十時を過ぎていた。

仕事帰りのサラリーマンの多くが都心の繁華街に吸い込まれ、夕方の帰宅ラッシュのピークからも外れていたためか、車内は割と空いていた。

降りる駅の階段位置を考えて、前から二両目の隅にある座席に腰を下ろす。帰りはいつも同じ路線の、同じ車輌、同じ座席に座っている。変わり映えのないいつもの夜である。

ぼんやりとスマホの画面を眺めていると、不意に異音が聞こえた。

――バァァアン、バァァアン！

何か、質量のあるものがぶつかる音。

列車がカーブを曲がるとき、連結部の扉が半端に開いていることが偶にある。そういうとき、ドアが遠心力で開いたり、勢いよく閉じたりする。

そういう音か、と思って顔を上げて扉を見た。

扉は閉まっている。

——バァァァン、バァァァン!

閉まっているのに、音は続いている。

列車が減速しないところを見ると、事故の類ではないようだ。

誰か不心得者が車内の床を踏み鳴らしているのかもしれない。

(そういう輩とはあまり関わり合いになりたくないな)

どうせ話が通じないアウトローの類に違いない。気になって車内をそっと見回してみたが、車輌に人は疎(まば)らでそうしたあからさまな奇行をしている者は見当たらない。

にも拘わらず、音は続いている。

——バァァァン、バァァァン!

他の乗客は気にならないんだろうか、と思う。

自分の正面の席に女が座っていた。

二十代くらいの若い女は自分と同じようにスマホを凝視し、時折フリックしている。

彼女はそれに没頭していて、周囲のことは何も気にならない様子に見えた。

その彼女の背後の窓に自分が映っていた。

彼女と同じようにスマホを握り締めている自分。

窓には自分の背後も映っていた。

地下を走る車輌の、窓。その外側から、腕のようなものが伸びている。

細長いので腕のように認識していたが、腕ではないのかもしれない。

細長い黒い棒状の何か。

それが、自分の頭の真後ろの窓ガラスを車輌の外側から乱打していた。

――バァァアン、バァァアン！

硬い窓ガラスを叩く仕草と、耳元に聞こえる打撃音は確かにシンクロしていた。


何も気付いていない振りをして、列車から降りた。

丁度降りる駅だったのは幸いだった。

その後、前から二両目の車輌だけは乗らないようにした。

転職して通勤に使う路線が変わってからは件の地下鉄には近寄りもしていないので、今どうなっているかは不明であるが、自分にはもう関係がない。

借家住まい

小学校五年生のとき、引っ越しがあった。

どういう理由で引っ越しをすることになったのか、よくは知らない。

二階建ての借家で、丸山さんは二階の一室に初めて子供部屋を貰った。宿題をしたり、本を読んだり、子供部屋はちょっとした秘密基地のようで嬉しかった。

子供部屋で一人遊びしていると、階下から母の声が聞こえた。

「御飯だよー」

「はーい」と返事をして、階段を下りた。

ぎしぎし言う階段を下って、折り返して廊下を進んだ隣に居間がある。

居間と廊下を隔てる扉は少し開いていた。

廊下をきしきし歩いていると、誰かが自分を追い抜いていった。

老人である。

少し乱れた白っぽい着物を着ていて、ばさりと乱れた白髪頭。

しかし、全体に何だか薄青い。

そして、その老人が誰だか分からない。

今日、お客が来るとは聞いていなかったが、誰だろう。

老人は身体を揺らさず滑るように動いて、扉の隙間から居間に入っていった。

晩御飯が用意されている居間に入ると、そこには家族しかおらず、老人の姿は何処にもなかった。

「今、お爺さんいなかった？」

と訊ねようかと思ったが、口を噤んだ。

この日の夕餉の席で、老人についての話は家族の誰もおくびにも出さなかったので。

以後、居間の扉の前を通るたびに、あの老人が現れて追い抜いていきそうで怖かった。

建て付けの悪い扉で、日によってはきちんと閉まらず、逆に閉めるとなかなか開かなかったりした。

そうかと思えば、風圧の関係なのか物凄い勢いで突然「バターン！」と乱暴に開いたり、「きぃいいぃいい」と軋んだ頼りない音を立てて勝手に開いたりしていた。

そのうちに、完全に開かずの扉になってしまって、廊下から居間に入れなくなった。

家族は繋がっている他の部屋から居間に出入りしていたから不便はなかったが、遠回り

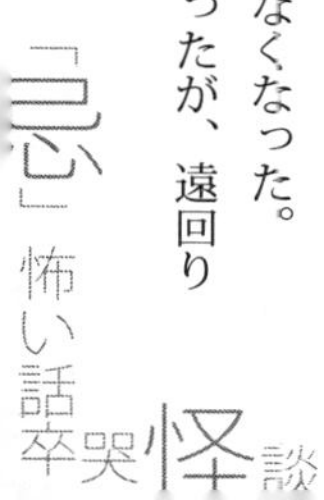

しなければならないので、妙に生活動線の悪い、半端に住み辛い家になってしまった。
その後、その家からは再び引っ越した。
何分にも借家だったので、その後どうなっているかは分からない。

誰？

一眞君が高校生の頃の話。

ある晩、真夜中に「カッ」と目が覚めたのだという。

普段なら一度寝たら朝まで爆睡するタイプで、朝日も昇らないような半端な時間に目が覚めることは、これまで一度たりともなかった。

が、このときはどういうわけだか、まったくの真夜中にすっきりと目が覚めてしまった。

うむ、暗い。

ベッドから身体をむくりと起こすと、真っ暗な室内に〈何か〉がいるのを感じた。

部屋の隅に人の気配を感じる。

何というか、誰かが蹲っているようだった。

暗さに目が慣れず、人の気配であることは分かっても、それが誰であるのかまでは分からない。

誰だろう？

一眞君は、あまり細かいことを気にしないタチである。物怖じもしない。

自分の部屋に〈誰だか分からない誰か〉がいるのである。

警戒するとか怯えるとか身構えるとか、それも無理なら布団を被って震えるとか、そういったことをすべきであった。

が、昔から空気を読まない男なので、わざわざ確かめようとした。

ベッドから身を乗り出す。

大して広い部屋でもないから、ベッドから下りずとも部屋の隅まで身体が届く。

彼のベッドと壁の間辺りに、確かに誰かが蹲っているのだが、暗さのせいか顔がよく分からない。

そこでさらに身を乗り出した。闇の中で蹲る誰かの鼻先を覗き込む。

正体も分からない相手の鼻と自分の鼻がくっつくほど近くに顔を寄せるなど、正気の沙汰ではない気がするのだが、一眞君は実際そこまで顔を寄せてみた。

目を細めて顔を確かめようとするのだが、やはり見えない。

代わりに、音が聞こえた。

「くちゅっ」

「ぴちゅっ」

「ぬちっ」

喩えるなら、老人が口を開けたり閉じたりするような、渇き気味の唾液が粘つくような音だった。

それが、一眞君の耳元で聞こえた。

「うひっ」

さすがに驚いて、ベッドの上に戻った。

確かに誰かがいるようだった。

暗がりは尚暗く、人の気配は消えず、しかし姿は見えない。

一眞君は思案した。

それ以上は深く考えず、寝直した。

三時

深夜三時にいきなり起きてしまうことが度々あった。

折しも馬場さんは中学生で、部活疲れ勉強疲れの毎日。寸秒を惜しんで眠りたい年頃である。にも拘わらず、真夜中のその時間になると、スッと意識が明晰になって目が覚めてしまうのだ。

しかも、毎回夜中の三時きっかり。目覚めるたびに確認するのだが、原因に心当たりはなかった。

ある夜のこと。

やはり例によって深夜三時に目が覚めた。

夜明けには早く、夜の一番暗い――闇の深い時間である。

この日は目覚めと同時に激しく鼓動が脈打っていた。

まるで全力疾走しているときのような、激しい動悸(どうき)である。息は上がっておらず、ただ動悸だけが早鐘を打つよりも早く、心臓が破裂しそうな勢いでドキドキドキドキと打ち鳴らされている。

こんなことは初めてだったので、さすがに何事かと思った。心臓関連の病気を疑ったりもしたが、これまでそんな兆候は一度たりともなかった。

動悸と合わせて厭な予感が収まらない。

何かあるのか、何か来るのか。これから何かが起きるのか。

そんな不確かな懸念が過ぎる。

今までだって何度も三時に起きたが、何も起きなかったじゃないか。寝直せばまたすぐに朝が来るんじゃないか。

自分に言い聞かせるようにして布団を被った。無理矢理目を閉じて、無理矢理微睡もうとした。

リビングのほうから足音が聞こえた。

ひたり、ひたり。

裸足でフローリングを踏む音。

足裏がフローリングに張り付き、剥がれる音。

ひたりひたりと繰り返されるその足音は、確かに人間の裸足の足裏が発する音である。

なのだが、どうにも音が非常に軽く感じられる。

家族の誰かがトイレに起きたのだろうか、と思った。寝付けなくて夜更かしをしていたのかもしれない、と思った。思おうとした。

床に落ちた雑誌を踏む、ぱさり、という音。

出しっぱなしのコンビニ袋を踏む、くしゃり、という音。

それがはっきりと聞こえてくる。

次第に、そう次第に近付いてくる。

馬場さんは寝室のドアを閉めている。

頭から布団を被って、耳を塞いでいる。

だから、こんなにはっきり音が聞こえるはずはない。ないのに。

ひたり。ひたり。ひたり。

足音は容赦なく近付いてきた。

もう部屋の中にまで入ってきている。馬場さんが息を潜めている布団の隣まで歩いてくる。誰かの息遣いが聞こえるほどに近い。

きっとこれは家族の誰かに違いないんだ。布団から顔を出せばそれで安心できるはずなんだ。

思い切って見てみようか。

そう考えたところで、思い当たった。

足音は今、自分の布団の隣にまで来ている。それは間違いない。
だが――ドアを開ける音を聞いたか？
今自分の部屋の中を歩き回っているこの足音の主はどうやってここに。
そこで記憶が途絶えた。
眠りに落ちたのか失神したのかは分からないが、気付いたら朝だった。

彼女の

小学四年生の頃、彼女の両親が離婚した。

幼い紗綾さんは母親側に引き取られたが、母が働きに出ることになったこともあって、母方の祖母と伯母一家が暮らす家に預けられた。

母は紗綾さんのことを忘れてしまったということはないのだろうが、なかなか時間を作ることもできないようで、娘に顔を見せにも現れない。

結果的に、幼い紗綾さんは父母双方といきなり引き離される形になってしまった。

祖母も伯母も紗綾さんには良くしてくれたが、何カ月もそこで過ごすうち、母に会えない寂しさはどんどん強まっていった。

最初のうちは、いい子にしていればママが迎えに来てくれる、と信じていた。

そう言われていたし、いい子であろうと気を張ってもいた。

だが、幼い彼女の不安は大人達が気付かないうちに臨界に達しつつあった。

「ママに会いたい……。家に帰りたい」

ある日、とうとう我慢が溢れてしまったのだという。

両親と一緒に暮らしていた家はもうないのだ、と本当は分かっていた。大人達はそれに触れる訳にもいかず、「もう少しだけ我慢しようね」と祖母にあやされるばかりだったが、孫が相応のフラストレーションを抱えていることを見かねてか、祖母と伯母は話し合って紗綾さんに気分転換を薦めた。

「じゃあ、恵子ちゃんのところ泊まりに行こっか」

恵子ちゃんというのは祖母の妹で、紗綾さんから見て大叔母に当たる。何度か顔を合わせたこともある優しい人だったが、その家に行くのは初めてだった。

夕方、大叔母が紗綾さんを迎えにきた。

「じゃあ、お風呂寄っていこうか」

大叔母は紗綾さんを近所の銭湯に連れていき、折角だからちょっといい御飯食べようか、と食堂に連れていってくれた。

食事を終え、大叔母の家に着いたのは夜の九時頃だったろうか。

ちょっとした小旅行のようで楽しかったが、はしゃいだせいか程なく押し寄せてきた眠気に打ち克（か）てず、早々に大叔母の敷いた布団に寝かされた。

大叔母は紗綾さんが眠りに落ちるまで、ずっと添い寝をしてくれた。

それから次に目が覚めたのは、夜中の一時過ぎ頃だった。

大叔母は紗綾さんと一緒にうとうとしながら、そのまま寝入ってしまったのだろう。自分を寝かせてくれたときの姿のまま、隣で静かに寝息を立てている。

布団は掛けてくれてあったが、妙に寒くて思わず身震いした。

布団がはだけているのだろうかと、特に寒い足下のほうを見た。

するとそこに、何か黒いものが蠢いている。

しかし、寝起きの暗闇では今ひとつはっきり分からない。

そのうち、暗闇に目が慣れてきて、黒いものの正体が分かった。

それは幼女だった。

年齢で言えば五歳くらいだろうか。紗綾さんよりもさらに幼い。

幼女は緑色のひらひらしたドレスを着ていた。

フランス人形みたい、と思ったが、可愛い、綺麗という感情よりも、気味が悪くて怖いという感情のほうが勝った。

この家で大叔母さんは一人暮らしだったはずで、今夜この家には子供は自分しかいないと聞かされていたからだ。

じゃあ、この子は誰？

身を捩って逃げようとした。

大叔母を揺り起こして一緒に逃げようと思った。

しかし、身体はぴくりとも動かなかった。

指一本動かず、声も出なかった。

目だけは辛うじて動かすことができたが、足下に立つ幼女と添い寝する大叔母の双方を見比べるくらいしかできなかった。

ドレスの幼女は、一歩分近付いてきた。

歩いた様子は見られなかったが、幼女は立ち尽くす姿勢のまま僅かに歩みを進めたように見えた。

一歩。また一歩。

滑るように近付いてくる。

為す術もなく幼女に接近を許すしかなかった。

が、その幼女の動きが不意に止まった。

幼女の意思で立ち止まったのかと思ったが、そうではないようだった。

ドレスの幼女は尚も前に進もうとしたが、紗綾さんより少し手前のところから先に進まなくなった。

どうにも、紗綾さんと幼女の間には何か見えない壁のようなものがあるようだった。

それに遮られて、近付こうにも近付けないらしい。

幼女は尚近寄ろうとしていたが、苦しそうに藻掻くばかりだった。

そのうち、大叔母が全身汗でびしょ濡れになっている紗綾さんの異変に気付いたようで、

「どうしたの！」

と熱に浮かされたように唸る紗綾さんを揺り起こした。

その途端、身体が自由になり、ドレスの幼女も消え失せた。


これが、紗綾さんにとっての〈始まり〉の経験だった。

父母のどちらか、或いは双方にそういう資質があったのかどうかは確かめる術もないのだが、彼女は「見える体質」ということのようで、それからも度々〈そういう者達〉を目撃する人生を歩むことになった。

ただ、不思議なことに紗綾さんに見えるのは女の子ばかりだった。

色々な場所で色々な怪異を見てきたしそれぞれは別人であるとは思うのだが、その性別はいつも女の子なのである。

それから歳を経て、遭遇体験はエスカレートした。

当初は目撃させられるばかりだったのだが、彼女らと紗綾さんの距離は日に日に縮まり、最近は図々しくも肩など触られるようになってきた。

はっきりと触られられているのが知覚できる。

これは紗綾さんにとって不愉快な体験であることは確かなのだが、幸いなことにというべきか、触れてくるのも全て女の子であった。

こうしたものを見るようになってこの方、男の子、男性を目撃したことは皆無である。

何故女の子なのかについては、心当たりもなければ理由も思い当たらない。

「これから何をされるのか……女の人しか見えないのは最初のドレスの子のせいなのか、彼女が今も関係しているのかどうか……とにかく分からないことだらけで不安なんです」

この話を最初に伺ったのは彼女が十九歳になった頃。それでももう十四年ほどになるのだが、紗綾さんの消息が途絶えてしまっているため、その後の経緯は分からない。

旅はいいなあ

ずっと仕事でばたばたしていた。

繁忙期を過ぎて、漸くまとまった休みが取れた相良さんは、予定を摺り合わせて彼氏と温泉旅行に行くことにした。

電車で出かけて、美味しい御飯、美味しいお酒、極上の露天風呂とかいいなあ。

とにかく湯に浸かってゆっくりして、彼氏と久しぶりに二人っきりでいちゃつきたい。

ただし、下調べだけはきっちりやってからいきたい。

当てずっぽうとか、行き当たりばったりとか、適当に、というのはよくない。

人気のスポット、名物、そういうものももちろん大事だけど、宿の評判とか、噂とか、そういったものについても念入りに調べる。

これは相良さんのいつもの習慣である。

「だって、疲れを癒しに行くんだよ？　しかも、知らないところに泊まるんだしさ。何か面倒事があったり気になって眠れなかったりしたら厭じゃない」

旅はよいものだ。

それが仕事などではなく、行楽であるなら一層よいものだ。

さらに、彼氏と二人っきりというのが、これ以上ないほどいい。

下調べは万全で、不安なことは一つもない。

予約した宿に悪い噂はなく、部屋から見晴らす眺望は最高だった。

調度の一つとっても手入れが行き届いており、仲居の接客も及第点以上。

部屋に気になる点は一つもない。

そして料理。これがまた品数も味付けも星三つ、と言いたいほどの出来。

肝心の露天風呂は、身体中が融けて流れてしまうのではというほどに寛げるものだった。

実に満足した。

この日の晩はよく晴れて、星空も美しかった。

彼氏と二人、「良かったね」「ここで正解だったね」と頷き合った。


散々はしゃいで盛りあがって、二人が床に就いたのは二時前くらい。

相良さんは真っ暗だと眠れないので、枕元のスタンドの小さな明かりを残しておいた。

彼氏はというと、横になった途端に鼾を掻き始めた。

寝付きがよくて大変に羨ましいのだが、相良さんはなかなか眠れなかった。

いつもなら相良さんも彼氏と変わらぬくらいすぐに眠りに落ちるほうなのだが、枕が変わったせいか、旅の開放感からくる興奮がまだ残っているせいなのか、眠気が家出でもしているのか、何度寝返りを繰り返しても眠くならない。

内心、若干の焦りもあった。

枕元に置いていた携帯電話で時刻を確かめると、もう午前四時になるところだった。

明日は、朝食の前にもう一度温泉に浸かろうと思っていたのだが、このままでは殆ど眠れそうにない。

何度目か分からない寝返りを打って彼氏に背中を向けたそのとき――。

「……んがっ」

彼氏の鼾が突然止んだ。

「……ぅうううううううううう」

そして唸り声に変わる。

獣のように低く唸る彼氏のほうを振り返ると、幾らか苦しそうに見えた。

きっと悪い夢でも見ているのだろう。

相良さんは彼氏を揺り起こそうとした。

「ちょっと、大丈夫？」

と、そこで気付いた。

彼氏は悪夢に魘されているわけではなかった。

その目はカッと見開かれている。

が、スタンドの薄明かりに照らし出された彼氏は、白目を剥いていた。

何かの発作だろうかと思った。

「ひっ」

相良さんが悲鳴とも付かない短い声を上げると、彼氏の眼球が瞼の裏からぐるりと回転し、目玉に黒目が戻った。

最初その視線は虚ろに宙を泳いでいたが、不意に動いて相良さんを見据えた。

そして、突然嗤い始めた。

「ぐぐぐっ、げげげげげっ、えげげげげ」

果たしてこれは笑い声なのだろうか。

全身を揺らし、引き攣るように喉を鳴らしている。

口元は歪んで、作り笑顔を思わせた。

全身が痙攣しているかのようだったが、確かに嗤っているようにも見えた。

彼氏はひとしきり嗤うと、再び白目を剥いた。

その途端、痙攣と思しき嗤いは止まった。

同時に、「ううう」という唸り声が始まった。

唸り声を暫く続けると、再び、裏返った目玉を黒目に戻し、同時に「ぐげげ」と不気味に嗤い始める。

それを交互に繰り返すのである。

おかしい。これはおかしい。

床に就く直前まで、彼氏に不審なところはなかった。

これまで彼氏とは何度も床を同じくしているが、同じ部屋で寝ても、同じ布団で寝ても、こんなことは一度もなかった。

持病があるとも聞いていない。

宿が悪いのか、とも疑った。

何か曰くのある宿だったのでは、と。

それを恐れて入念に下調べしたし、調べた限りでは曰くのようなものなど何も出てこなかったはずだ。

時間は五時を過ぎていた。

かれこれ一時間近く、彼氏は唸り声と笑い声を交互に続けている。

病気の発作なら長く続きすぎ、悪ふざけにしても長すぎる。

大した捻りもないまま、一時間もふざけ続けるようなことができるとは思えない。

相良さんは彼氏の身体に取り縋って揺り起こそうとした。

「起きてよ！　起きて！」

肩を揺らしても頬を叩いても正気に戻る様子がない。

これはもう、どうしようもない。

フロントに連絡して医者を呼ぶべきか。

それとも他に打てる手はあるか。

もう、どうすればいいのか——と万策尽きたとき。

部屋中に何かが渦巻いている。

空気よりも濃い何か、存在感だけが濃厚な気配。

例えて言うなら、そういったものが部屋中に充満し始めた。

何かがこの部屋に、ひり出されてくるような。

あの素晴らしい眺望を見晴らすテラス側の大窓。

その窓の前には藤蔓（ふじづる）を編んだチェアが二脚、向き合うように置かれている。

その向かって左側に人影があった。

女が座っていた。

向き合ったチェアに座り、空いたチェアを見つめてこちらに半身を晒している。

だらりとぶら下げた右手に何かを持っている。

女は美しい長い髪を揺らして立ち上がり、相良さんのほうを向いた。

その美しい右半身と対称的な左半身があった。

女の左半身はくちゃくちゃに潰れていた。潰れて擦れて、およそ原形を留めない状態で、一番近い何かに喩えるとしたら、擦り切れ血を拭った襤褸(ぼろ)雑巾、であろうか。

相良さんは絶叫した。

絶叫したはずだったが、音らしき音は出なかった。

息を吸うばかりで吐き出すことができない。なので、絶叫は音を形作らない。

女は、その右手にぶら下げていたものを、相良さんに向かって投げて寄越した。

一抱えほどもありそうな何かを、相良さんは咄嗟に手を伸ばし受け止めてしまった。

——ぼど。

汁気を含んだ半端な弾力と、結構な重みがある。

若干不定形に動く、何か。

相良さんが両手で受け止めたそれは、腐乱しかかった嬰児(えいじ)だった。

腐れた身体は膨らんで腐臭を発し、爆ぜた皮膚から腐汁が垂れている。

死後何日経過しているのかも分からず、少しでも迂闊な触り方をしたら、嬰児の体表に残った皮膚がずるりと剥がれ落ちてしまいそうなほどに腐乱が進んでいる。

にも拘わらず、嬰児には意識があった。

目も耳も判然としないそれは、弱々しく「ぎゃあ」と泣いた。

そして、相良さんの腕の中から彼女を見上げた。

「……いいなあ、おまえら」

およそ赤ん坊に似つかわしくない野太い声。しかしそれは確かに腐れた嬰児の口から発せられた。

相良さんは、両指から糸を引いて流れ落ちる腐汁もそのままに、失神した。

彼氏の異常が始まったのが四時、あの女が現れたのが五時。

さほど間を置かずして相良さんは失神している。

そして今、相良さんは彼氏に揺り起こされたところだった。

失神していた時間は二時間かそこらくらいだろう。

相良さんは未明の出来事を彼氏に訴えた。

彼氏の異常行動、そして左半身の潰れた女と腐った赤ん坊。

何か心当たりはないかと訊ねてみたが、彼氏は「夢でも見たんだろ」と取り合わない。

そうか、夢か。

実際、相良さんは自身の体験について、自信がなかった。

あまりにも脈絡がなかったからだ。

なかなか眠れずにいた、というところからもう悪夢が始まっていたのかもしれない。

生々しすぎて夢だと自覚できなかっただけかもしれない。

夢だったことにしてしまえば、これ以上不安を掻き立てられずに済む。

「そんなことより朝飯行こうぜ」

「大食堂でいいんだっけ。着替えるから待って」

相良さんは乱れた浴衣を脱いだ。

クローゼットから着替えを取り出すとき、扉に付いた鏡の中に映る下着姿の自分が目に留まった。

自分の胸の真ん中に、痕があった。

小さな紅葉（もみじ）。

それが、赤黒い液体でスタンプのように描かれていた。

血塗れのそれは、丁度赤ん坊の手のひらの形に見えた。

「ねえ……これ……」

胸元を見せると、彼氏も絶句した。

「本当に夢だったのかな」

私が赤ちゃんを受け止めたところに、何か付いてるんですけど。

だから彼氏には気のせいだ、夢でも見たんだ——と、もう一度言ってほしかった。

しかし、絞り出すように言った彼氏の一言は、相良さんが期待していたのとは違った。

「いいよ……もう帰ろう」

彼氏の顔はまっ青だった。

二人は無言で帰り支度をし、楽しみにしていた朝食も朝風呂も残りの旅程の全てをもキャンセルして、帰途に就いた。

帰りの車内で、二人の間には一言も会話はなかった。

旅から帰って程なく、彼氏が相良さんを避けるようになった。

あの女が何者だったのかについて、相良さんにはまったく心当たりがなかった。

宿に居着いていた何かだったのかもしれないが、あの出来事を話題に出そうとすると彼氏はそれとなく話題を変える。

何か心当たりがあるのかもしれない。それを突くとまた黙り込む。

こうなると、終わりのカウントダウンが始まったようなもので、その彼氏とは三カ月もしないうちに別れた。

人を呪わば

高津さんは早婚である。

今の旦那さんと御結婚されたのは、十九のとき。「降って湧いた縁談」に乗って、あれよあれよというちに、勢いで結婚したという。

デキ婚……今で言う授かり婚だったわけではなくて、縁と因果がうまく回って突然まとまった話だったらしい。

ただ、何分にも急な話過ぎたので、結婚式も慌ただしいものだった。

何しろ都合や予定を訊ねる暇もないほど急だったので、突然無理を言っても都合を付けて絶対に来てくれそうな本当に仲の良い友人に直接声を掛けて、何とか晴れ姿を祝ってもらった。

そこそこ仲のいい付き合いをしていた知人友人を結婚式に招くことができないのは忍びないので、改めて新郎新婦を互いの友人に紹介する食事会のようなものを催すことにした。

学校の同級生や、古馴染みなど、親しい友人達は温かく祝福してくれた。

「うん、行く行く。絶対に行くよ！　知らせてくれて本当にありがとう！」

食事会の当日、仲の良い女友達は皆笑顔で現れた。

彼女達は、皆揃って顔の周りに細いマフラーかショールのようなものを巻いていた。

ん？　最近そういうの流行ってるのかな？

首回りではなく、顔の周りを囲うように巻いているところが独特だが、全員がまったく異なる服装で、マフラーだけが同じなのである。

そんなファッション、流行っていたかな？　と首を捻る。

「高津っちゃん、おめでとー！」

「何、うちら全然知らなかったんだけどー！」

皆、満面に笑みを湛えながら祝いの口上を掛けてくる。

その顔にマフラー。

と思っていたのだが、よくよく見るとそれはマフラーではなかった。

めらりめらりと揺動しているのである。

それは炎だった。

それらしい燃料は何処にも見当たらないが、細い炎が揺らめいて彼女達の顔と首の周りを巡っているのだ。

すわ、火傷か何か!?

と身構えたが、自分以外は誰一人として友人達の首に巻き付く炎に言及しない。

ということは、見えているのは自分一人だけか。

恐らく当人達に問うても、彼女ら自身見えてはいないだろう。

高津さんは気付かない振りをして、祝福を受け入れ満面の笑みを返した。

「今日は来てくれてありがとう！」

友人達はワッと駆け寄ってきて、高津さんの手を取った。

すると――。

友人達の首を巡っていた炎が、しゅるると伸びた。

それが高津さんの腕や足に巻き付いてくる。

蛇が枝に身体を沿わすように、或いは獲物を絞め殺すような動き。

（うわっ、怖っ！）

その炎は触れてもまったく熱さを感じなかった。

が、ゆらりゆらりと揺らめく炎であることは変わらなかった。

ただ、熱くはないのだが、それがとても厭らしい何かだということは、触れられることで気付いた。

それは〈嫉妬〉に似ていた。

ジェラシー渦巻くとか、嫉妬の炎が燃えるといった慣用句的表現があるが、嫉妬心というのは本当に炎の形を採るものなのだ——と、このとき思った。

友人達の祝福の笑顔に嘘はないのだろうが、気付いているのかいないのか高津さんに対して抱いている妬み嫉みのようなものが、炎の形で具現化しているということだろうか。

高津さんは彼女らのことを仲が良い友人だと思って招いたのだが、彼女らは高津さんが思うほどには高津さんに心許していたわけではなかった、ということだろうか。


この〈嫉妬の炎〉はその後暫くの間、高津さんに纏わり付いていた。

食事会の後、すぐにスッと消えてしまう程度のものもあれば、その後数日、数週間以上に亘ってなかなか消えないものもあった。

ただ炎に巻き付かれているだけのうちは、無害、というほどではないにせよ弊害は少なかった。そもそも高津さん以外には見えないものだったし、触れられている感覚もなく、熱くもなく、まして肌が焦げるようなこともなかった。

ただ、これらが消えるときにはある条件を満たす必要があるようだった。

料理中、炒め物や揚げ物をしていて、パチンと油が跳ねた。

それが腕に当たった。

「あちっ！」

その途端、腕に巻き付いていた炎の一部が剥がれ落ち消え失せた。

このときは、慌てて水を掛けたお陰で事なきを得た。

火に纏わる不慮の事故は、これを皮切りにその後何度か続いた。

事故の程度は段々大きくなり、そのたびに手足に巻き付く炎は剥がれ落ちた。

最初のうちは「水を掛けて終わり」で済んでいた火傷は、段々手酷いものに変わっていった。

最後まで残っていた炎が消えたときには、火傷の程度が酷く病院に駆け込まざるを得ないほどだった。

火傷を負うと炎が消えるプロセスは、何故そうなっているのかはよく分からなかった。

敢えて類推するなら、「誰かの溜飲が下がったから」ということだろうか。

〈あんただけいい思いをしやがって。少しくらい酷い目に遭えばいいのよ。痛い目に遭えば少しはすっきりするわ〉

食事会のときの友人達の笑顔が脳裏に浮かぶ。

つまり、高津さんが火傷することで成り立つ、呪いのようなものか。

だとすれば、これまで経験してきた火傷、火事、切り傷の類も嫉妬の産物だったのでは、と思えてくる。

そういえば――高津さん自身にも身に憶えがあった。

仕事で上司を恨んだり、ちょっとした行き違いからくる対立で友人知人を罵ったり。聖人君子ではないから、そうした経験は誰にでもある。高津さんにもあった。

「死ね！」と軽い気持ちで誰かを妬んだり憎んで念じたりしたことはあった。酷い目に遭えばいい、と呪ったこともあったと思う。

ただ、それで相手が怪我をしたりささやかな不幸に見舞われたりすると、決まってその二倍三倍ほどの不幸や不遇、怪我が自分にも起きる。

そういえば、苛立ちや喧嘩の後に怪我を負うことがしばしばあった。

ああ、つまりこれは、〈そういうこと〉か。

人を呪わば穴二つ。これが、物理的負傷として実際に起きる、ということか。

自分にあの〈嫉妬の炎〉を飛ばし搦めてきた元・仲のいいつもりだった友人達とは、その後、会う機会がない。連絡を取っていないので分からないが、嫉妬の呪いが彼女らに跳ね返っていなければいいと思う。

人間、穏やかに生きるのが一番である。

代々二人

「うちはな、武士の家系なんだよ。しかもただの武士じゃないぞ。凄い武士の家系だ」

高津さんが母方の祖母の家に遊びにいくと、大抵いつも大伯父（祖母の兄）が自慢げにこの話を始める。

ちょっとした旧家になると、「うちは庄屋の家系で」「うちは代々豪農で」「うちはこう見えても武士の末裔で」と言った話が飛び出してくることがある。

土地に根ざした古い一族は、その居住地の菩提寺に先祖代々が葬られているが、このために寺の過去帳などの記録が割とはっきり残っている。

過去帳には、生前の名前、戒名、生年や没年、他の故人や先祖との続柄などが細かに記されている。これらは寺の住職が法要をする際の目安として用いるものだが、これらが代々引き継がれているお陰で、古い家では先祖の由来やら家系やらといったものが、かなり正確に伝承される。

一族の家督を継ぐ総領ともなると、親やら先祖やらの法要を預かる機会も多く、それだけ「先祖代々」について触れたり教えられたりと言った機会が多かったのだろう。

その先祖代々の所縁の話を一族の若いのに語り聞かせて、次代に引き継がせるのもまた一族の総領の務めである――。

ということであるかどうかはさておき、大伯父は酒が入るたびに甥姪孫などにこの話を繰り返すので、聞き飽きた子供達は「また始まった」というくらいの心づもりでそれを聞き流している。

「天下泰平になった徳川の御代の武士じゃないぞ。時は戦国時代、戦々に明け暮れた時代に、弓の腕前で名を馳せた強弓の名手がいてな」

数々の戦場で自慢の弓の腕前を発揮し、弓取として大いに名を挙げた、とか何とか。

「世が世なら俺は殿様だし、我が家は城の一つくらい持ってたかもしれないし、おまえなんかお姫様だったかもしれないぞ。ガハハ」

もっとも、その強弓の名手は武功を立てすぎたせいなのか人を殺しすぎたせいなのか、相応の恨みも買っていたようで、本家筋は後々惨殺されて絶えてしまった。

つまりは、今に続くこの一族は本家筋から外れた傍流であるらしい。

「我が家はその強弓の名手の妾腹……要するに妾、側室、愛人の血筋だな」

「ちょっと！　兄さん！　子供に何を教えてんの！」

祖母に叱られた大伯父は、また「ガハハ」と笑った。

それから時は過ぎ、高津さんが成人して暫く経った頃のこと。

ある日、自分の視界に墨が落ちたような真っ黒い点が現れた。

周囲の風景の何処を見回しても、同じように一点だけ染みついたように黒い。

右目、左目と片目ずつ瞑ってみたところ、それは左目で見たときにだけ見えることに気付いた。

目にゴミでも入っているのかと鏡を見ても、それらしいものはない。

目を擦っても取れない。

最初のうちは小さな点に過ぎなかったが、それは日増しに大きくなっていった。

そのうち、何かものを見るたびに左目を閉じないと見たいものが見えない、というくらいに黒い染みは広がり、高津さんの視界を塞ぐようになった。

さすがにこれは異常である。

急ぎ、近所の眼科医に駆け込んだ。

「左目が見えにくいんです」

眼科医は、どれどれ、と診察を始めた。

瞳孔を開く目薬というのがあるそうで、これを差して暫く待つ。

瞳孔が人為的に開いてきたら、目の中に光を当てて眼科医が〈患部〉を覗き込んだ。自分を覗き込む眼科医が見えているはずなのだが、この頃には左目では殆どものを見ることができなくなっていた。

診察する眼科医が自分の目からは見えないのである。

眼科医は、難しい顔で言った。

「これ、うちでは無理です。紹介状を書くから、今すぐそこの総合病院の眼科に行って下さい」

「え、今すぐですか？」

「そう、今すぐ。紹介状書いたら、こっちからも先方の先生に電話を入れておきますので。とにかく、このままじゃあなた、失明しちゃうから」

「失明、ですか？」

眼科医の話が思いもかけない方向に転じていくので、動転した。

単に見えにくい、という程度のことかと思っていたが、失明という言葉まで出てくるとなると只事ではない。

とはいえ、〈今すぐ命に関わることではないから大したことはない〉軽症の患者はそういったことを自己判断して、転院や加療を先延ばしにしたりする。

高津さんも同様に、今回のこれも医師の脅しだろうかと疑った。

それとも、診療放棄か。面倒な患者を大きい病院にたらい回しにする藪医者なのか。

眼科医は走り書きの紹介状を封筒に詰めて高津さんに押しつけた。

「保険証はあるね？　あそこの病院の診察を受けたことはある？　ない？　なくてもいいや。とにかくこっちで話は通しておくから、詳しいことはあっちの病院の先生に聞いたほうがいい」

何なら、こっちの精算もあっちが終わってからでいいから急ぎなさいと急き立てられる。

「とにかく、一刻を争う。早く処置しないとまずい」

「は、はい」

診察室から追い立てられるとき、眼科医にもう一度念を押された。

「とにかくこの足でそのまま行ってね。絶対にね」

訳も分からず慌ただしく、言われるがままにその足で紹介された総合病院に駆け込んだ。

紹介先の眼科医は、簡単に診察すると最初の眼科医と同じことを言った。

「先の先生が仰った通りです。このままだと失明してしまうので、今から手術をします」

「今からですか？」

「今すぐです」

次から次へと起きる「今すぐ」のバーゲンセールに、高津さんの判断力は焼き切れてしまいそうだったが、踏みとどまって何とか眼科医の術前説明を聞いた。

「これからするのは、レーザー光線を目に当てる手術です。悪いところを取り除く簡単な手術ですが、片目だけですし入院は必要ありません。術後、一時間も安静にしていたらそのまま帰って大丈夫ですから」

手短な術前説明を経て、あれよあれよと言ううちに手術が始まった。

点眼麻酔、要するに眼球の痛覚を麻痺させる目薬を差す。

薬剤の浸潤を待つ間に、顔を手術台に固定。

左目の瞼を、強制的に開いたままにする器具で固定する。これで瞬きができなくなる。

「はい、じゃあバチッといきますけど動かないで。はい、最初の行きます」

医師の声が聞こえる。

レーザー光線が自分の左目の奥を焼いているらしい。

パチッ、という音。それから目玉の奥底のほうで起きる激痛。

本当に麻酔が効いているのかと疑わしくなるくらいに痛い。

「はい、次いきます。はい、もう少しで終わりますよー」

眼科医の励ましを聞きながら何度かそれが繰り返され、漸く手術は終わった。

時間にしたらそれほど長時間ではなかったと思うのだが、とにかく激痛が酷い。瞼を固定する器具を外された後は、もう痛くて涙がぼろぼろ零れ、とてもではないが目を開けていられなかった。

「かなり痛いと思うけど、絶対に左目を擦ったり押さえたりしちゃダメだからね」

擦りたくなる気持ちを抑えつつ、「私の目、どうなってたんですか」と訊ねると、

「原因は分からない」

と言う。

「分からないけど、症状の処置はできた。眼球の内部で出血が起きてたんですよ」

あの擦っても消えない黒い点は、眼球の中で出血が起きていたため、ということだった。

その血液で視界の一部が遮られていたらしい。

レーザー光線を当てることで、眼球内部の出血箇所を焼き潰した。

「出血元は焼いておいたから、傷口は塞がったはず。これで出血は止まると思います」

既に眼球内に流出した血液は、そのうちに身体に吸収されて自然になくなり、いずれ視界は元に戻ると説明を受け、高津さんは漸く安堵した。


それから数日が過ぎた。

残念ながら、症状は改善しなかった。

左目の視界の黒い点は再び大きくなっている。挙げ句、眼球の疼(うず)きが酷くなっている。目玉の奥底に激痛が走るのである。

絶え切れず、再び総合病院の眼科を訪れた。

点眼して瞳孔を開いて……と恒例の診察の後、眼科医は肩を落とした。

「こりゃダメだ。出血箇所が広がってる」

原因が特定できていない以上、対症療法しかない。

点眼麻酔の後、前回と同じレーザー手術を受けた。

麻酔を掛けていてものたうち回るほど痛い。

「先生、私の目、どうしてこんなことになってるんですか」

「滅多にないことなんだけど……これはお年寄りには多い病気だから、こんなに若い人が掛かるのは珍しい。だから、何故掛かったのか分からないんだが……」

眼科医は口籠もった。

「敢えて病名を付けるとしたら、若年性緑内障かな」

レーザー手術は痛いし辛いとは思うんだけど、頑張って治そう。

眼科医はそう励ましてくれた。

レーザーを当てる以外は励ますくらいしかアテがない、と降参しているにも等しかった。

結局、左の眼球にレーザー光線を当てる手術という治療法を二カ月ほど頑張った。

視界が黒くなるたび、出血を止めるために痛いレーザー手術が施される。基本はその繰り返しだったが、出血は止まるどころか出血範囲がどんどん広がっていった。

酷いときには多すぎる出血で眼球が膨らんだ。

大きく腫れ上がった眼球は瞼からはち切れるほどになり、また視神経と脳を内側から圧迫し、痛みで吐き気を催した。

他に手はないと縋ったレーザー手術は出血の措置に追いつかなくなっていく。

――そしてとうとう、高津さんの左目は完全に光を失った。

奇妙なことに、左目を失明したあと急に痛みが消えた。

はち切れんばかりだった眼球の腫れも治まり、左目が見えなくなったことを除けば、概ね普通の生活に戻ることができた。

「私の片目は今も見えてません。でも、不自由なのは最初の数カ月だけで、すぐに慣れました。車の運転も免許の更新も全然大丈夫」

その年の暮れに祖母、そして大伯父が、相次いで彼岸に旅立った。

祖母と大伯父は二人とも同じ菩提寺に葬られたので、一周忌法要も同じ日にまとめてやろうということになった。

母方の親族はさほど多くもなかった。祖母も大伯父も大往生と言って差し支えない年齢での他界だったこともあって、顔を合わせた親戚一同も、和気藹々(あいあい)とした和やかな法事となった。

その精進落としの会席で、母の従姉妹の滝子叔母さんに声を掛けられた。

「メーちゃん、アンタ。目ェやったんだって?」

「あ、そうなんです。何か急に目の病気になっちゃって……私の年齢だとかなり珍しいらしいんですけど……」

「あらやだー……具合どうなの」

「レーザー光線当てる手術とか痛くて大変！　まあ、結局左目はダメだったんですけど、今はもう痛くないんで大丈夫です」

滝子叔母さんは、「やだー……大変だったわねえ」と眉を顰(ひそ)めた。

「実はさ、佳映(かえ)も今、目がおかしい目がおかしいって言って、病院通ってるのよ」

佳映は滝子叔母さんの孫娘である。

「え。佳映ちゃん、まだ小さいのに。大したことないといいけど……」

「心配よねえ。でも、また目か……。そういえば、お祖母ちゃんも、目がダメだったんだよね」

そういえば、亡くなった祖母も片目を失明していた。祖母が失ったのは右目である。

「何か、お祖母ちゃんのときも若い頃に急に見えなくなって、あっという間に片方見えなくなっちゃったんだって。うちの家系は多いのかしらね、目ェやる人。遺伝性の病気とか、そういうのでもあるのかしら」

近況報告というには重い話題である。

一族特有の病気のようなものと言われてみれば、そんな気にもなってくる。

ふと、上座に飾られた祖母の写真を振り返った。

そこに祖母が立っていた。

生前のままの姿で、足があって、向こう側は透けておらず、普通に生きているように見えた。

思わず、息を呑んだ。

しかし自分の祖母である。怖いとは思わなかった。

会席の席上、他の親戚も居並ぶ中に法要される側の当人が現れたのだが、特に騒ぎにも

ならない。

なるほど、これは——と思った。

祖母の隣には、大伯父もいた。

二人は、そこに立ち尽くしたまま微動だにしなかったが、語り掛けてきた。

〈知っているでしょう？　強弓の名手の御先祖様〉

生前、大伯父が繰り返し語った話である。よく憶えている。

〈御先祖様は目を射たのよ。たくさんの人を射って、たくさん死なせた。射殺した。だから、たくさんの人に恨まれている〉

祖母の言葉を大伯父が繋いだ。

〈ただ、一つの世代に多くて二人までだ。それ以上はやらせない。俺達がおまえらを守るから。皆で守ってやるから〉

俺達、とは——恐らくは、先に亡くなった先祖が、ということか。

〈メーちゃん、佳映も佑香も、女を守り切れなくて本当に堪忍してな。でも、跡取りにはやらせないから。せめて女だけで食い止めるから〉

〈呪った奴らも、直に消えるから〉

〈もうすぐ、消えてなくなるから〉

「人の呪いなんてね、五百年保てば長いほうなんだってよ」

耳元で不意に聞こえた母の声に驚いた。

母はいつの間にか高津さんの隣に座っていた。

「お母さん、知ってたの？　これ、私の目もそうなの？」

「うん。そうなるね」

「知ってたなら……助けてくれればよかったのに」

母は頭を振った。

「誰のところにいつ来るかなんて分かんないのよ。だってウチ、一族郎党みんな呪われてんのよ？　それに、助ける方法も分からないし。どういう理由で目がダメになるのかも分からないんだもの。どうにもできない」

「……待って。佑香の目も……そうなの？」

佑香は、高津さんの娘である。

この当時、七カ月ほどの早産で生まれてしまい、未だ入院していた。

親兄弟など近しい人を除けば、まだ親戚には妊娠の事実すら報告していなかったし、千グラム程度の超未熟児として生まれてしまった結果、未熟児特有の病気も患っていた。

二十六週以下で生まれた未熟児に見られる病気で、未熟児網膜症という。

出生後に眼球内の血管が急速成長することで起きる出血が原因で、網膜に傷が生じる。その結果、重篤化すると失明する。

産科の医師からは、「努力はするが命を助けるほうを優先する」と宣告されている。最悪の場合、右目の視力は諦めてもらうことになるかもしれない、とも。

病因は異なれど、症状と行きつく先は高津さんと同じ。

恐らく、滝子叔母さんの孫娘の佳映も、もしかしたら祖母も、同じような症状だったのでは、と思われた。

病因が異なるのに、症状だけが遺伝するなどあり得ない。

「多分、佑香の目も呪いなんだと思う。ただ、佳映と佑香の代は多分、その二人だけで終わる」

運が悪かったと諦めて受け入れるより他にない、ということか。

「あんたの代はあんたの他にもう一人いる。私の代では私は大丈夫だったけど、あんたの伯母さんがやられた。それから、お祖母ちゃんの代は、お祖母ちゃんとその叔母さん。それからお祖母ちゃんのお祖母ちゃん……」

母の口からは、つらつらと親族の続柄が出てきた。母の代で分かっているだけでもそれだけいるということは、初代の時代から数えたら一体どれほどの女が視力を失ったのか想像も付かない。

母方の祖母の一族の、女姉妹の家系ではほぼ確実に必ず一人は良くて弱視、悪くて失明する者が出ているのだという。大伯父の言う通り、男方には一人も出ていなかった。

母の告白と先祖から受け継いだ運命について心の中で反芻しているうちに、祖母と大伯父は消えていた。

高津さんの娘さんは、その後、一命を取り留めて無事に退院した。

ただ、やはり目はダメだった。

大叔母の家系と、高津さんの従姉妹の家系はまだ血脈を繋いでいる。

一つの代は二人までというのが本当なら、高津さんの子供の代は滝子叔母さんの孫と高津さんの娘で終わるはず。もうその代ではこれ以上出ないはず。

つい先日、従姉妹が出産した。

生まれた子供は待望の跡取り。男子だった。

〆書き

実話怪談を仕事として書き始めたのは西暦一九九一年の勁文社新書版『「超」怖い話』が最初になるんですが、これは平成三年でした。

平成初頭から実話怪談を書いて、平成の間中ずっと実話怪談を書いて、そしてこの平成の最晩期には本書を書いていました。

この〆書きは令和元年になってから書いていますが、平成の歩みとともに怪談を書き続け、あと二年くらいで怪談生活三十年かと思うと、なかなか感慨深い話です。

このように長く怪談を書いていると「そういえば、あの話には続きがあって」という後日談が続報として飛びこんでくることがあります。本書にもありました。

拙著『「極」怖い話 謝肉災』で御紹介した家屋に纏わる怪談「山下邸」は、その続報が翌年刊の『「極」怖い話 災時記』に「山下邸、その後」という形で紹介されています。

また、前巻『「忌」怖い話 回向怪談』で御紹介した首都高怪談「暴走」は、本書で御紹介の「猛進」と同じ方の体験なのですが、明らかに繋がっているように感じられます。

実話怪談、怪異譚というのは、「かつて本当にあった、しかしもう終わった出来事」を書き留める読み物です。謂わば、もう終わった物語の記録、という言い方もできます。

しかしながら、「もう終わった」というのが、本当に終わっているかどうかというのは、我々凡俗には明確に判断が付くわけではありません。

ここは火山の噴火観測にも似ていて、「ここ最近、ずっと噴火がないから、この火山はもう安全な死火山かな」と思い込んでいたら突然噴火を再開し、安全でも何でもなかったことに気付かされたり。

つまり、「一連の出来事」として我々が切りのいいところで切り取った話は、死んだふりをしているだけで、まだ終わっていない、まだ続いている生きた怪談である可能性が高いわけです。

もちろん、終息している可能性だってありますが、凡俗たる我々には見分けが付かないのです。本当、勘弁してほしいです。

甚だしいのは『「弩」怖い話2 Home Sweet Home』で、そろそろいいだろうと思って書き始めようとすると次から次へと続報が舞い込み、結局執筆を終えて本編を刊行した後にまでぽろぽろと後日談が舞い込んできたりしていました。お陰で執筆時間が切迫して非常に苦しい本でした。

そういえば、この『「弩」怖い話2』は既に絶版となって久しいのですが、竹書房から

上梓した拙書群の中では珍しく、二〇一九年春の時点ではまだ電子書籍化されていません。電子版刊行時には、間に合わなかった続報や後日談も全て収録した完全版の形で世に出るといいなあとは思うんですが、そういう縁が巡ってくるのを待つばかりです。

さて、怪談、特に実話怪談というものは、常にセンセーショナルな話だけに巡り会うわけではありません。というか、実の所「出会っているけど、体験した当人が気付かないままの体験談」がかなりあるのでは、とは疑っています。

体験者の方々は大別して「頻繁に体験する／見る」ような人と、「一生に一度の体験をした」という人とに分かれます。

頻繁に見る人は、頻繁すぎるので当人にとって瑣末と思える体験談については「大して怖い話はないよ」と語らなかったりします。

対して、一生に一度の体験をした人は、端から見れば瑣末な体験のようなものであったとしても、細々したディティールまで明確に憶えていたりします。

瑣末ではない妙な体験を聞くのはもちろん望むところなんですが、一方で「我々と何等変わらない特別ではない平凡な人が、ありふれた平凡な日常の中で看過できない異質な経験をしてしまう」というものにも強く惹かれるものがあります。

これらの体験と似たようなことを、もしかしたら我々凡俗も知らず知らずのうちに体験したり目撃したりしているのでは、と思います。

しかし、ぼんやり過ごしていたり、注意力散漫だったり、瑣末な違和に気付かず見落としたり、当たり前に思ったり「だから何？」と思ったり。つまりは、自分の外に興味を抱かなくなったり、意識を逸らされてしまうと気付けないものであるようなのです。心が涸れてくると見えなくなる、とか、そういうものかもしれません。

こうした瑣末な怪異を、目を凝らしてよく見る。

ほんの一瞬の違和感をやり過ごさず、立ち止まって振り返る。

そういうことを重ねていったら、あなたに他人と違った力の一つがなくても、二十歳までに不思議な体験をしなかったとしても、見落としていた何かが見えるようになったりしてくるのかな、と期待が持てるかもしれません。

……僕はそういうのはできればもう、いや。これからも見たくはないんですけどね。

だって、怖いじゃないですか。

令和元年　霊話の御代の、始まりの年にて　加藤一

本書の実話怪談記事は、「忌」怖い話 卒哭怪談のために新たに取材されたものなどを中心に構成されています。快く取材に応じていただいた方々、体験談を提供していただいた方々に感謝の意を述べるとともに、本書の作成に関わられた関係者各位の無事をお祈り申し上げます。

あなたの体験談をお待ちしています
http://www.chokowa.com/cgi/toukou/

「忌」怖い話 卒哭怪談

2019年6月5日　初版第1刷発行

著者　加藤 一
カバー　橋元浩明（sowhat.Inc）
発行人　後藤明信
発行所　株式会社　竹書房
〒102-0072　東京都千代田区飯田橋2-7-3
電話 03-3264-1576（代表）
電話 03-3234-6208（編集）
http://www.takeshobo.co.jp
印刷所　中央精版印刷株式会社

定価はカバーに表示しています。
落丁・乱丁本は当社までお問い合わせ下さい。

ISBN978-4-8019-1877-1 C0193